La collection « Ado » est dirigée
par Claude Bolduc et Michel Lavoie

Un amour en chair et en os

L'auteure

Sylvie André est née à Deux-Montagnes. En 1987, son intérêt pour les jeunes l'amène à concevoir un programme d'éducation sexuelle pour une école secondaire. Quand elle était petite, son professeur rêvait pour elle d'une carrière d'enseignante. « Non merci ! ». À dix ans, elle écrivait des pièces de théâtre avec sa meilleure amie. Vingt-huit ans plus tard, une boîte empoussiérée contient ces fameux textes. *Un amour en chair et en os*, son premier roman, lui confirme qu'il faut aller au bout de ses rêves.

ROMAN ADO | DRAME

Sylvie André
Un amour en chair et en os

Données de catalogage avant publication (Canada)

André, Sylvie,
    Un amour en chair et en os

    (Roman ado ; 28. Drame)

    ISBN 2-89537-008-7

    I. Titre. II. Collection: Roman ado; 28. III. Collection:
Roman ado. Drame.

PS8551.N359A86 2000   jC843'.6   C00-940170-9
PS9551.N359A86 2000
PZ23.A52Am 2000

Nous remercions le Conseil des Arts du Canada de l'aide
accordée à notre programme de publication. Nous
reconnaissons l'aide financière du gouvernement du Canada
par l'entremise du Programme d'Aide au Développement de
l'Industrie de l'Édition (PADIÉ) pour nos activités d'édition.
Nous remercions également la Société de développement des
industries culturelles, ainsi que la Ville de Hull.

Dépôt légal — Bibliothèque nationale du Québec, 2000
                Bibliothèque nationale du Canada, 2000

Première édition : 2000 ; réimpression : 2001

Révision : Renée Labat

© Sylvie André & Éditions Vents d'Ouest, 2000

Éditions Vents d'Ouest inc.
185, rue Eddy
Hull (Québec)
J8X 2X2
Téléphone :   (819) 770-6377
Télécopieur : (819) 770-0559
Courriel :   ventsoue@magi.com

Diffusion Canada : Prologue
Téléphone :   (450) 434-0306
Télécopieur : (450) 434-2627

Me déranger pour ça !

JE N'AIME pas tellement les potins, mais là je pense que j'en ai un bon ! Pas question de le faire circuler à travers toute l'école. Celui-là, je le garde pour moi. Et puis, j'ai trop de respect pour cet homme.

Mon prof de français en face des « Petites fringales » avec un autre homme ! Les mêmes lunettes, presque habillés pareil. Un vrai couple qui se laisse avant d'aller travailler. Un petit bec avec ça ? Faudrait pas qu'il me reconnaisse. Je serais bien trop gênée.

N'empêche que l'été dernier à Provincetown, aux États-Unis, j'en ai rencontré à tous les coins de rue. C'est l'attraction touristique par excellence. C'est drôle, je ne me rappelle pas si j'ai croisé des femmes homo… des lesbiennes. En tout cas, il n'y en a pas des foules dans ma banlieue !

Tout ça pour dire que mon prof, Lamoureux pour les intimes, cache bien ça. Je pense qu'il n'a pas tellement le choix. C'est une proie facile : certains en profiteraient pour se tordre de rire. Pour l'instant, c'est top secret, entre lui et moi. Si ma mère m'entendait, elle serait fière de moi. Elle m'a toujours appris à respecter les marginaux.

Moi qui pensais avoir fait une grande découverte. La rumeur court dans l'école que Lamoureux est gai. Je me demande qui a vendu la mèche. Certains disent qu'ils l'ont vu habillé en femme dans un bar de la rue Sainte-Catherine à Montréal. Ils n'ont même pas le nombril sec puis ils essaient de nous faire croire à des histoires à dormir debout. On pourrait se demander ce qu'ils faisaient là, les « ragoteurs » ! Tout le monde en parle. On dirait qu'ils ont profité de mon absence pour bavasser dans mon dos. On appellerait ça de la paranoïa.

Au cours de français, c'est le silence total. On entendrait une araignée se suicider en se pendant au bout de sa toile. On me regarde comme si on se doutait que la rumeur ne fait pas mon affaire. J'ai la réputation de défendre les causes perdues. Excusez-moi, monsieur Lamoureux, mais je crois que vous êtes dans une mauvaise posture.

J'ai aussi la réputation de ne pas parler souvent. Mais quand je dis quelque chose, ça ne passe jamais inaperçu. Les gars aiment rarement ça parce qu'ils se sentent moins intelligents. J'en profite donc pour les regarder tous d'un air sceptique qui veut dire : « Mêlez-vous de vos affaires, gang de niaiseux ! Vous êtes complètement dépassés. » L'araignée tombe en bas de sa toile puis tout le monde ouvre ses livres. Lamoureux entre dans la classe. Moi, je ris dans ma barbe. C'est juste une façon de parler. Les traitements d'électrolyse, je les laisse à ma grande sœur.

Toute la journée, j'essaie de trouver des indices pour prouver que Lamoureux n'est pas le seul homosexuel dans l'école. La bibliothécaire par exemple. Elle ne ressemble pas aux femmes ordinaires. On pourrait croire qu'elle magasine dans les rayons pour hommes. Ma mère me dirait qu'il n'y a pas que l'apparence physique qui compte.

N'empêche que Lamoureux a une façon assez spéciale de marcher. Une sorte d'élégance qu'on retrouve chez les femmes bien habillées, bien maquillées. Mais lui, il ne se maquille pas, quand même ! Il est toujours chic avec ses chemises à rayures et ses cravates à petits pois.

Je suis tellement occupée par mon enquête que j'oublie de revenir à la maison avec Carine. Des deux côtés du trottoir, je cherche des sosies, des cousins de Lamoureux. Ce n'est vraiment pas évident de les retracer. Il ne doit pas être le seul homosexuel au monde !

♣

Ce soir, j'ai le bonheur d'écouter la vingt-deuxième émission de télé qui parle d'homosexuels. J'entendais ma mère dire l'autre jour qu'il n'y a pas si longtemps, il n'y avait que Jeannette Bertrand et Lise Payette pour oser les sortir de la garde-robe, au compte-gouttes à part ça.

C'est une histoire de couple gai qui fréquente un couple de lesbiennes. Assez banal à mon goût, merci. Par contre, une des femmes est très belle. Elle a de beaux yeux, des cheveux bruns soyeux. Mais ce n'est pas vraiment mon genre. Je ne veux pas dire par là que les filles m'intéressent. J'ai juste beaucoup de respect pour les autres orientations sexuelles.

Je n'arrive pas encore à trancher : vais-je devenir hétérosexuelle à partir du moment où je vais faire l'amour avec un gars, ou bien le suis-je déjà, sans n'avoir rien fait ? Comment répondre à ça ?

C'est intéressant les beaux désirs, je veux dire les beaux discours, mais l'heure de mon bain est arrivée. Il n'y a encore rien de bon à la télé. Je préfère regarder mes seins pousser sous ma débarbouillette. Ça me donne plus de poitrine, comme celle de la lesbienne.

Depuis que ma mère a peint la salle de bains, j'y passe un temps fou. Je ne sais pas si c'est l'odeur de peinture fraîche ou la couleur qui m'inspire, mais je me sens tellement détendue. Gant de crin, bains moussants, coupe-ongles à la portée de la main. Quatre bouteilles de shampoing pour cheveux secs, c'est merveilleux, surtout quand on a les cheveux gras !

Ma sœur vient encore rouspéter à la porte de la salle de bains en espérant entendre le treizième Q-tips tourner dans le creux de mon oreille. Ça la rend folle d'imaginer que j'ai du plaisir. On n'est pas toutes douées dans la famille. Pour démontrer que j'ai parfois le sens du partage, j'enfile ma robe de chambre pour lui laisser la place. Elle ouvre la porte sans me prévenir et me déballe sa trouvaille. Elle essaie de me faire avaler que ma mère pense à m'offrir une télé pour mes treize ans. Difficile à croire quand on fait partie d'une famille monoparentale dirigée par une femme. Encore une pure invention de ma sœur ! Elle rêve depuis deux ans d'avoir une télé dans « sa » chambre. Le problème, c'est qu'on la partage, « sa » chambre. Non, merci ! J'ai besoin de concentration quand je dors.

Le chum de ma mère est déjà installé dans la cuisine. Je ne l'avais pas entendu rentrer, celui-là. Je prends l'option « sandwich qui se mange en trois minutes ». Je ne tiens pas à partager un souper gastronomique avec lui.

Quand je le regarde, il n'est pas vraiment mieux que l'ancien mari de ma mère qui se trouve à être mon père. J'oserais même dire que le produit est loin de s'améliorer. Il est tellement macho avec ses blagues. Et ma mère qui fait semblant de le trouver drôle ! Ce n'est vraiment pas normal. Il faut croire que ce n'est pas évident pour une femme de son âge de se trouver un chum qui a du bon sens. Fallait que ma mère s'accroche au seul homme inscrit dans son cours de yoga. Tout un choix ! Avec ses yeux qui cherchent à traverser ses fonds de bouteille, il hypnotiserait un aveugle.

Il ne se contente pas de boire son deuxième café. Il m'énerve encore avec les mêmes questions. Ma belle Chloë par-ci, ma belle Chloë par-là. Est-ce que je sais moi, le plus beau métier du monde que je rêve d'exercer quand je serai grande ? Pas moyen de sortir de la cuisine. Je décolle une fesse de ma chaise, il me demande quel voyage j'aimerais faire l'été prochain. L'hiver n'est même pas encore commencé. Il est toujours rendu ici, un vrai pot de colle ! Je déménage au salon, je ne suis plus capable de le voir.

Je n'en finis plus de zapper. Je commence à souffrir d'une boulimie d'émissions de télévision. Comme sensation, c'est pire que d'engloutir deux tablettes de chocolat en cinq minutes. J'entends ma mère rentrer. Le gourou va être occupé. J'ai le choix entre regarder une belle blonde pleine de vernis à ongles se laisser séduire par son propriétaire de condo qui n'a pas un cheveu sur le coco ou bien m'endormir devant une histoire d'amour du temps de la guerre 39-45. Ma mère n'était même pas née. Finalement, je préfère aller me coucher.

C'est le confort total au creux de mon lit. Je m'installe dans mes draps de *flannelette* avec trois oreillers. Un vrai somnifère. J'en ai trouvé l'autre jour dans l'armoire de la pharmacie. Ma mère en bouffe souvent ces temps-ci. J'aime mieux mes méthodes « alternatives ».

Mon histoire de correspondant de guerre me revient dans la tête. La pauvre Évelyne, elle n'a pas fini de lui écrire des lettres d'amour puis de lui tricoter des bas de laine. Qu'est-ce qui lui dit qu'il va revenir sur ses deux jambes ? Ou jamais de la vie ? Mes yeux se ferment tout seuls. C'est plus fort que moi. J'entends à peine ma mère me dire bonsoir.

Jean, il s'appelle Jean, mon correspondant de guerre. Son visage est si flou sur la photo qu'il m'a postée. Il doit avoir les cheveux très courts, des yeux clairs, un corps mince mais musclé, des mollets durs comme de la roche. Il doit être beau dans son uniforme kaki.

Il voudrait que je lui décrive mon corps pour mieux l'imaginer ensuite. Il aimerait me voir, me sentir, connaître quel parfum, quels vêtements je porte. Il ne m'a jamais vue mais, du bout des doigts, il essaie d'effleurer mon visage. Il ferme les yeux et nous voit enlacés. Il a chaud et pourtant, il fait très froid où il est. Des bas, est-ce que je porte des bas ? Il pourrait s'imaginer me les enlever. Il a besoin d'en savoir plus.

Je lui écris pour lui parler de son visage, de ses yeux qui me chavirent, de son regard profond qui me transperce. Que puis-je lui offrir en retour avec mon corps qui s'allonge, les seins trop petits ? Ma bouche, pour le couvrir de baisers ?

Merde ! Ma sœur vient se coucher. J'ai perdu mon lieutenant-caporal de la dernière guerre mondiale. J'ai hâte qu'elle s'endorme. Les craquements de son lit me déconcentrent. À qui rêver, maintenant ? La seule image qui remonte : une femme, la lesbienne du téléroman. Je n'ai pas vraiment envie de penser à elle. Ça fait quoi, deux femmes ensemble ?

C'est vrai qu'elle est belle. Elle me regarde droit dans les yeux. Je me rends compte qu'il n'y a plus personne dans le salon. Nous sommes seules. Elle a un regard fascinant. Je me sens absorbée par sa présence. Elle prend toute la place. Elle s'approche de moi. Elle ose me prendre par la taille. Elle me dit au creux de l'oreille qu'elle désire me revoir. Elle m'embrasse dans le cou. Elle part déjà. Je sens quelque chose dans ma poche de pantalon. Elle y a glissé une note, son numéro de téléphone et son nom. Elle s'appelle Sandra. Qu'est-ce que je fais ? Je la jette.

Le téléphone sonne. C'est sûrement Carine. C'est en plein son heure pour m'appeler. Elle doit avoir décidé de ne pas sortir avec sa gang. Je me lève, tout engourdie. Le « pot de colle » me passe le téléphone. Comme d'habitude, il a encore répondu. Il paraît que Michaël a un œil sur moi. J'ai pourtant remarqué qu'il en avait deux comme tout le monde. Me déranger pour ça !

Une nouvelle rumeur

CARINE m'attend à l'entrée de l'école avec ses gros sabots et son histoire à l'eau de rose de « Michaël qui a un œil sur moi ». Je l'ai entendue hier soir, sa rumeur. Je n'étais pas si endormie. Elle veut absolument que j'observe le beau Michaël toute la journée. Elle est convaincue qu'il est amoureux de moi. Il paraît qu'il a tous les symptômes. Toutes les filles le trouvent beau avec son air timide et ses longs cils qui papillotent. Ça m'énerve quand elles accrochent toutes sur le même gars. J'ai quand même promis à Carine de faire mon enquête. Ça lui fera une expérience de plus pour sa future agence matrimoniale.

C'est bien confirmé. Michaël n'a pas son air normal. Hier pourtant, tout allait bien. On avait des conversations brillantes d'adolescents en devenir. C'est bien le seul gars qui ne se sent pas en compétition avec moi. Il est devenu trop poli à mon goût. Il avait un regard intelligent ; aujourd'hui, il a les yeux dans la « graisse de bines ». Pauvre Michaël ! Qu'est-ce qu'il pourrait faire avec une fille comme moi ?

C'est bien gentil de sa part mais je ne suis pas disponible présentement. On dirait un message de répondeur téléphonique. Je suis trop occupée par l'école, les études, la famille. Je dois me coucher tôt la semaine pour être en forme le lendemain. La fin de semaine, je garde des enfants. Pas le temps, c'est tout. Pour l'instant, j'ai des cours à suivre. La géographie m'attend depuis dix minutes.

Ça m'énerve quand le prof nous montre les pays sur sa carte géographique. Il en profite toujours pour contourner un pays avec sa baguette comme s'il dessinait le profil d'une femme. Lamoureux ne ferait pas de blagues de ce genre-là.

Michaël est quand même chic de penser à moi. Il est assez intéressant pour un gars de son âge. Et puis j'avoue qu'il a de beaux yeux. Mon prof de géo aussi. C'est drôle, je n'avais jamais remarqué avant. Ils sont brun chocolat, en forme d'amande. J'aime surtout la forme de sa bouche, pas trop grande. Il doit bien embrasser. Chaque fois qu'il écrit au tableau, j'ai une vue directe sur ses fesses. Rondes comme des planètes.

Les pays asiatiques m'ont toujours intriguée. J'irais bien dans une boutique chinoise

m'acheter une huile réchauffante après-bain.
J'en ai vu dans la revue santé de ma mère. Je
me sens loin de la terre tout d'un coup.

Je fais la file d'attente dans le magasin. Des
yeux bridés m'encerclent. Je ferme les miens cinq
secondes pour oublier la foule. Toutes sortes
d'odeurs étranges envahissent la pièce. Je sens
deux mains très chaudes se déposer sur mes
épaules. Elles massent ma nuque, mes omoplates.
Je n'ose pas bouger. Je sens son corps dans mon
dos. Qui est là ?

Je suis seule dans la classe avec le prof. Il
m'annonce en souriant que le cours est fini depuis cinq minutes. Je n'ai rien entendu. Il me
demande d'effacer le tableau avant de sortir. Il
ajoute que je pourrai transcrire le contenu que
j'ai manqué pendant mon voyage. Finalement,
il n'est pas si beau que ça, mon prof de géo !

Carine m'attend devant mon casier en re-
faisant son maquillage. On a rendez-vous au
café du centre commercial. Elle ne rate jamais
une occasion de sortir le vendredi soir.

Il y a une drôle d'odeur dans le café. On
est loin des parfums de jasmin et de verveine
chinoise. Ça sent plutôt un mélange de café
brûlé aromatisé à la crème de noix de coco des
beignes frais d'hier. Dégueu !

Carine mâche sa gomme tellement fort que
j'en suis gênée. C'est son moyen habituel pour

me faire comprendre que c'est à mon tour de parler. Parler de quoi? De Michaël? Je préfère tourner autour du pot. Carine commence à être exaspérée. Elle se ronge les ongles jusqu'au sang. Tant pis pour son nouveau vernis. Elle boit sa dernière gorgée de café et tourne les talons. Je sens que je viens d'écourter ma soirée avec elle.

❧

Le téléphone sonne bien longtemps chez Carine ! Elle devrait être rentrée à cette heure-là. Je voulais simplement lui dire qu'elle a beaucoup de talent pour démarrer son agence de rencontres.

❧

La fin de semaine passe toujours trop vite. Déjà samedi soir. Ma mère a remarqué que j'ai le sourire plus facile deux jours par semaine. Je me demande bien lesquels.

Je n'ai pas beaucoup de talent avec les bébés en couche. Je fais mon possible pour avoir l'air d'une vraie gardienne. Ça m'intrigue que M. Poirier vive tout seul avec sa petite fille d'un an et demi. En fait, ça me gêne d'être seule avec un homme que je ne connais presque pas. Quand j'arrive chez lui, j'espère toujours qu'une femme sorte de la salle de bains ou de la chambre à coucher. Mais je ne peux quand même pas emmener une amie garder avec moi chaque fois. Malgré mon sens aiguisé de l'observation, je n'ai jamais vu un indice de présence féminine à bord ; pas de maquillage ni de cire à épiler. Ça ne veut rien dire de nos jours, une pince à épiler. Les hommes se font de plus en plus coquets.

Une fois le bébé nourri, changé de couche, baigné et « catiné » pendant dix minutes, c'est le temps du dodo. L'heure de la gardienne est enfin arrivée. J'en profite pour faire la tournée du frigo et du garde-manger remplis de tout ce qu'il n'y a pas chez moi et que je n'oserais pas manger devant les autres : biscuits fondants au caramel, chips au vinaigre, gâteau au triple chocolat, boissons gazeuses de toutes les couleurs. Une seconde tournée est prévue avant la séance de cinéma de fin de soirée. Rituel oblige.

Carine me téléphone pour me dire de ne pas manquer le film de minuit. Elle ne me donne aucun indice sauf que je ne regretterai pas d'avoir mangé de la purée de bébé pour souper. Autrement dit, manque pas ça, ma Chloë !

Minuit sonne. La gardienne s'installe au salon avec son deuxième service. Chips à la crème sûre, chocolat noir, le tout accompagné d'un chocolat chaud double crème fouettée. Heureusement qu'il y a l'école toute la semaine pour digérer. Je suis prête pour la surprise. Il ne faut quand même pas être trop naïve. À cette heure-là, ce n'est certainement pas *La maison de Ouimzie*. Le titre est très prometteur : *Sensations suaves assurées*.

Bébé, qui a dormi pendant le premier service, réclame la gardienne. Il ne crie pas, il hurle. J'accours aussitôt pour préserver mon titre : replacer la suce, la couverture et faire des câlins jusqu'au ronflement de la progéniture.

De retour après la pause bébé, je tombe sur une scène — je m'en doutais bien, Carine Beaulieu — où l'on devine à peine qui est qui, le gars, la fille, le sofa. C'est tout mêlé et je ne vois pas grand-chose. Ou bien je suis bouchée et je ne veux rien voir, ou bien l'antenne fonctionne mal.

Je n'ai même pas le temps de zapper que j'entends la porte d'entrée s'ouvrir. Le cher M. Poirier a décidé de rentrer plus tôt, sans me prévenir. J'ai l'air de quoi à regarder mon film porno, de la crème fouettée partout sur le sofa ? La honte m'envahit de la tête aux pieds. Je rêve de me téléporter comme monsieur Spock. M. Poirier me regarde avec un sourire en coin, les yeux brillants. Il se retient pour ne pas pouffer de rire. Il est temps que le taxi arrive !

Je me couche tout de suite en arrivant à la maison. En panne sèche d'inspiration, j'ai juste envie de dormir comme un bébé. Quand on se fait prendre les culottes baissées, on n'a pas tellement envie de prolonger la soirée. M. Poirier ne me reverra pas avant longtemps !

♣

Dure levée du corps dimanche midi. Les yeux cernés jusqu'au menton, je me traîne jusqu'à mon bol de céréales. Ils ont tous un point d'interrogation dans le front. Je dois avoir l'air très marabout pour avoir tant d'attention. Si au moins j'étais fatiguée pour une bonne cause, je pourrais leur sortir mon air dégagé.

C'est toujours un plaisir de partager le déjeuner avec l'amant de ma mère, elle-même et ma sœur unique. On essaie de ressembler à une famille recomposée mais je n'y tiens pas vraiment. Chaque fois qu'il prend sa tasse de café, je le regarde en imaginant qu'il déboule l'escalier du sous-sol.

Mes toasts me remontent dans la gorge à chaque question du beau-père. Ma sœur répond poliment. Il a le don de capter son attention. Je lui ferais un dessin pour qu'il comprenne que je n'ai pas encore de chum, qu'à mon dernier rendez-vous chez le dentiste, je n'avais qu'une carie, que ma sœur de quinze ans aimerait qu'on rénove le sous-sol pour y installer sa chambre. Quoi dire encore pour meubler la cuisine ? Heureusement qu'il n'a pas de talent en menuiserie. Il s'installerait pour refaire la maison au complet !

Un appel de Carine me sauve du déjeuner. Elle veut mes commentaires sur le fameux film d'hier. Elle, elle l'a trouvé plutôt inspirant. Faut dire qu'elle avait une longueur d'avance en étant accompagnée d'un gars au lieu d'un garde-manger. Elle me décrit comment ils se sont embrassés sans respirer pendant six minutes, comme dans le film. Je pense qu'elle exagère comme d'habitude. J'en profite pour me couper les ongles d'orteil. C'est certain qu'en l'écoutant, ça me donne des idées pour plus tard.

Bon ! Le gourou se dispute encore avec ma mère pour une niaiserie. Il pourrait prendre congé, des fois. Ma sœur disparaît. Une autre réunion de filles, je suppose. Je comprends qu'il puisse être choqué d'entendre que ma mère ne veut plus le voir pour un certain temps. Mais de là à la menacer... Je trouve qu'il exagère ! Ma mère a l'air de le prendre très au sérieux. Disons qu'elle a déjà goûté à un échantillon de ses réactions. Si j'avais un chien, j'aurais une bonne raison d'aller marcher dans le parc. J'y vais quand même. Moi aussi, j'ai besoin d'évacuer.

Le début de la semaine est enfin arrivé. Je sais que je me contredis mais, avec la fin de semaine que je viens de passer, ça se comprend. Je préférerais avoir douze jours d'école d'affilée plutôt que de revoir M. Poirier. L'amant de ma mère vaut un minimum de quinze jours.

Quel plaisir de retrouver l'odeur du béton de la polyvalente ! J'ai déjà envie d'aller me recoucher. Je ne suis pas faite pour vivre dans le vrai monde. Tout m'énerve. Même mon prof de français, Lamoureux, ne réussit pas à me remonter le moral. C'est dire comment il est bas.

En attendant qu'il arrive, tout le monde racontait que Lamoureux a eu droit à une rencontre privilégiée, pour être poli, avec le directeur de l'école. Histoire d'éteindre la rumeur de la rue Sainte-Catherine. Le directeur s'est calmé pour l'instant. Il y a des potins qu'on aime laisser courir puis d'autres qu'on éteint au plus vite. C'est peut-être pour ça que même Lamoureux me refroidit.

Je pense que je fais de la fièvre. J'ai l'estomac qui brûle. Je n'arriverai jamais à manger la table d'hôte de la cafétéria ; spaghettini et boulettes gratinées aux choux-fleurs. C'est de la cuisine de quelle nationalité ça ? Ils veulent nous faire mourir à petit feu ou j'ai mal lu le menu ?

Je ne suis vraiment pas dans mon assiette. À titre d'auto-guérisseuse, je recommande un retour à la maison. Je ne peux plus rien digérer. Je n'ai pas l'habitude de manquer le dernier cours de la journée mais là, j'ai une bonne raison. Tout le monde me regarde de travers, comme ma pseudo-famille recomposée. Raison de plus pour rentrer.

♣

Le gourou est arrivé avant tout le monde, une vraie manie ! Ma mère lui avait pourtant dit que sa réunion de travail au C.L.S.C. se terminerait tard. Il connaît l'emplacement des chaudrons, qu'il se débrouille. Je note sur le frigo : « Prière de ne pas déranger la baigneuse, elle ne soupera pas et se couchera très tôt. »

Je pitonne pendant quinze minutes. Rien de bon à l'horizon. Je tombe sur un spectacle, des musiciens, un chanteur. Je monte le volume. Le chien du voisin hurle. Ça me fait de la compagnie. Je ne suis pas difficile. Pas laid, le chanteur des « Cols roulés ». Il a une belle voix et une belle veste de cuir. Mais les jeans troués, le foulard picoté sur la tête, ce n'est pas mon genre. C'est quoi mon genre ? Le groupe de gars est vite remplacé par un groupe de filles couleurs pastel, le chignon blond, les talons juste assez hauts pour se péter la margoulette, l'air pas trop intelligentes.

Je décrète que l'heure du bain fumant est arrivée. La maison est presque vide, silence total. Le gourou doit pratiquer son yoga dans la chambre de ma mère. Ma sœur doit être encore chez le dentiste.

J'ai peut-être exagéré sur la température de l'eau. Je vois Michaël dans le vidéoclip, foulard à pois en moins. J'essaie de m'enlever cette image de la tête mais il n'y a rien à faire. La fièvre monte. Je vais peut-être me sentir mieux dans mon lit.

Ma mère a encore changé mes draps. Le violet me déconcentre. Elle n'a pas l'habitude de faire du zèle dans son rôle de femme de ménage. À moins que son chum ne l'inspire pas assez.

Après quelques inspirations profondes, je me sens redevenir moi-même pour la première fois de la journée. Ma respiration se fait de plus en plus lente. J'entends à peine ma sœur rentrer dans la maison.

J'assiste au spectacle des « Cols roulés », en direct d'un studio de télé. Michaël, déguisé en chanteur, réapparaît. Sans jeans troués, c'est mieux. Mais pas de jeans du tout, ce serait exagéré pour le moment. J'aime sa façon de bouger, ses hanches, ses fesses quand il se retourne. Il ne bouge pas beaucoup, juste assez à mon goût.

Pause publicitaire. J'ai envie de faire pipi. Je cherche les toilettes dans les corridors du studio, un vrai labyrinthe. Je croise le chanteur. Le couloir est si étroit qu'il m'accroche et me rentre presque dedans. Pas très poli. Il me regarde. Sans rien dire, il m'embrasse. Il a la tête de Michaël mais ce n'est pas le genre à agir ainsi d'habitude. Pourquoi je le défends ?

Je l'embrasse de la même façon pour lui montrer comment c'est agressant. Pour lui, on dirait que c'est excitant. L'envie de pipi est trop

25

forte. Je cours aux toilettes au bout du troisième couloir sans lui demander mon chemin.

La tête de Michaël est toujours dans la mienne. Son corps disparaît. Il ne reste plus rien du spectacle, des corridors, du chanteur qui n'était pas vraiment Michaël. Il ne m'embrasserait jamais comme ça. Je n'ai pas envie d'imaginer comment il le ferait.

Ma sœur rentre dans notre chambre pour se coucher. Les picots vert fluo du réveille-matin indiquent dix heures. Je rêve depuis deux heures ! Ma sœur allume la lampe de chevet pour m'obliger à ouvrir les paupières. Elle est tout excitée de me raconter les activités qu'elle organise dans son comité de femmes. Les filles de secondaire I ne sont pas admises. Tant mieux pour moi ! Elle m'endort avec ses quiz sur le harcèlement sexuel et ses cafés-rencontres sur la grossesse à l'adolescence. *Je ferme les yeux pour que réapparaissent les lèvres de Michaël une fraction de seconde. Je n'ai pas eu le temps de l'embrasser.*

Y a bien du bruit dans la cuisine ! Onze heures trente, pas moyen de dormir en paix ! Le gourou accueille ma mère avec des coups de poing sur la table. Elle lui avait pourtant dit de ne pas l'attendre. Comment ma mère aurait-elle le temps d'avoir un deuxième amant ? Il a beaucoup d'imagination pour un ancien curé. J'entends la porte d'en avant claquer. Il va finir par la briser. Je remonte ma couette jusqu'en dessous des yeux en espérant

qu'il soit parti pour de bon. Ma sœur fait semblant de dormir.

♣

C'est plus fort que moi. Je vois Michaël
partout à l'école. Sa tête apparaît sur chaque
mur que je rencontre. Une vraie hallucination.
Je ferais fortune si je pouvais vendre l'effet !

Comme par hasard, Michaël s'assoit à côté
de moi dans le cours de français. Il tourne la
tête vers moi chaque fois que je tourne une
page de mon cahier. À deux reprises, j'ose le
regarder. Je croise un immense sourire gêné,
fendu jusqu'aux oreilles. Sa discrétion habi-
tuelle en prend un coup. Je sens qu'il craque.

C'est difficile de se concentrer à côté de
son fantasme de la veille pendant quarante-
cinq minutes lorsqu'on ne peut même pas
changer de place. Je ne peux pas encore courir
aux toilettes. Ah non ! ça, c'était dans mon
rêve !

Il faut bien que j'examine le reste de son
corps, maintenant. Je veux voir s'il bouge aussi
bien que dans mon rêve. Quand il sort de la
classe, je remarque que ses jeans lui font des
belles fesses, comme j'aime. Je crois qu'il m'a
vue faire. C'est très gênant, surtout qu'il n'est
pas censé être mon genre.

Lamoureux m'inquiète ces temps-ci. Il a
l'air fatigué, les yeux souvent pochés. Il nous
laisse partir plus tôt. Il a peut-être remarqué

quelque chose entre Michaël et moi et ça l'a intimidé. Je ferai plus attention la prochaine fois. Il n'y aura pas de prochaine fois ! Je voulais juste comparer avec mes visions. J'irai lui parler à la fin du prochain cours.

J'adore l'odeur des livres de la bibliothèque, un mélange d'encre, de colle et de parfum à la vanille de la documentaliste. D'habitude, je lis en priorité les livres suggérés par mes profs. Aujourd'hui, j'ai surtout envie d'emprunter des romans Harlequin. J'ai presque honte.

J'ai deux fois plus envie de les cacher quand je vois apparaître un membre de mon arbre généalogique. Ma sœur préférée me demande avec un ton innocent qui est le gars qui porte des cols roulés ? Je ramasse mon cartable calmement en lui disant qu'elle dérange mes voisins de table. Est-ce qu'il va falloir que je me surveille quand je rêve ? Je n'ai plus rien à faire ici.

La cuisine appelle mes talents d'apprentie cuisinière. J'ai trop faim pour attendre la chef. Je n'ai presque rien mangé ce midi. Le menu de la cafétéria était parfait pour les régimes amaigrissants. Merde ! J'ai oublié mes romans sur la table de la bibliothèque. J'espère que ma sœur n'aura pas la générosité de les emprunter pour moi. Plus je mélange la sauce à spaghetti, plus j'ai l'impression que ma mère va être obligée de commander des mets chinois. Y a plus rien dans le frigo.

Durant notre festin thaïlandais livré une heure en retard, ma mère fait une tentative d'enquête sur mon cadeau d'anniversaire potentiel. Sans trop de subtilité, elle essaie de me tirer les vers du nez. Elle veut savoir si mon envie de télé dans la chambre est sérieuse. Je lui fais comprendre aussi subtilement qu'elle devrait interroger sa fille aînée pour éclaircir le mystère de la boîte noire.

Je deviendrais qui, moi, avec une télé dans « sa » chambre ? Ce serait un beau gâchis pour mon imaginaire débordant. Je trouve ça parfait d'avoir une télé dans le salon, une baignoire dans la salle de bains. Il ne faut pas commencer à virer les meubles de bord. On ne se reconnaîtra plus !

Le super chum de ma mère en profite pour nous scruter à la loupe durant notre conversation familiale. Ma sœur a l'air d'accord qu'il s'en mêle, ma mère un peu moins. Elle n'a pas beaucoup apprécié qu'il lui reproche d'avoir commandé le souper. De toute façon, il trouve toujours que les nouilles sont trop cuites ! On dirait d'ailleurs qu'il fait exprès pour laisser son assiette pleine. Il devrait se pratiquer avec les baguettes. Ma mère se lève pour laver la vaisselle. Elle a oublié qu'on a mangé dans des assiettes en carton. L'évier est vide.

Carine m'appelle pendant la nouvelle série américaine. Elle choisit bien son temps ! Elle s'inquiète pour ma santé depuis qu'elle m'a vue longer les murs ce matin. Elle m'a trouvée géniale dans le cours de français. Elle pense déjà à sa robe de futur témoin de la mariée. Tout le monde a dû remarquer ! Le beau Michaël va s'enfler le thorax, ce ne sera pas long.

Avec cette nouvelle rumeur qui court, Lamoureux va être content que je prenne la relève. Ça va le reposer un peu. Mais qu'est-ce que je vais faire maintenant de Michaël ? Il est tellement intelligent, sérieux, sensible comme moi. J'ai l'impression de me regarder dans un miroir quand je le vois.

Je me demande des fois si je ne devrais pas boycotter la télé un certain temps au lieu de continuer à regarder cette émission-là. Si je comprends bien la suite, c'est l'histoire d'un gars, d'une fille, soi-disant amoureux. La fille est accrochée à son chum, lui surtout à la drogue. Dans les premiers épisodes, c'était l'amour parfait. Un peu trop mielleux à mon goût mais c'était agréable à regarder. Au quatrième épisode, la fille est enceinte. Le gars a paniqué, les parents s'en sont mêlé. La fille s'est enfuie, le gars l'a cherchée partout, l'a rattrapée, est devenu violent. Elle a réussi à s'enfuir à nouveau chez sa meilleure amie. Autrement dit, l'histoire s'est corsée.

Le vrai problème dans le fond, c'est qu'au début de la série, je me suis attachée au beau gars super gentil que toutes les filles rêvent d'avoir dans leur lit. J'ai fondu sur place la première fois que je l'ai vu. Ensuite, je me suis sentie mal quand j'ai compris qu'il n'était vraiment pas correct. Ça vous bloque l'inspiration, ce n'est pas long !

Je pourrais arrêter de suivre la série, attendre qu'elle repasse dans six mois puis écouter seulement les trois premières émissions avant que ça se gâte. Ça me rappelle mon hamburger à l'autruche que je n'ai pas digéré, vendredi dernier. Je pense que je vais prendre une douche pour me changer les idées.

Il faudrait que ma mère change l'éclairage de ma chambre. On pourrait voir les rides que je vais avoir à quarante ans tellement la lumière est forte. Merci maman pour les draps de *flannelette*. J'ai déjà chaud et je n'ai même pas encore pensé à Mike. Mike, c'est le beau gars gentil de la série américaine auquel je n'ai pas le droit de penser. Son nom ressemble à celui de Michaël, c'est drôle. Ça doit être spécial d'annoncer à son chum qu'on est enceinte même si ce n'est pas prévu. Si j'étais la blonde de Mike, je lui dirais :

Mike, Mike, si c'est ça que tu veux, je laisserai tout mais je veux le garder. Je ne veux pas me faire avorter. On va se débrouiller, tu sais. Rien ne va changer entre nous, mon amour. Tu vois, on peut faire l'amour si tu en as envie.

Caresse-moi, mon amour. Pourquoi tu me re-
gardes comme ça ? Qu'est-ce que je t'ai fait, je
ne comprends pas. Pourquoi tu t'en vas ? Je pen-
sais que ça te ferait plaisir de faire l'amour. Tu
n'as pas le droit de m'insulter. Je n'endurerai
pas ça !

Ouache ! Ce n'est pas ça que je voulais.

Jalouse, moi ?

L E PREMIER son que j'entends en me réveillant : la douce voix du gourou. Il est tellement gentil avec ma sœur et moi. Elle l'apprécie, moi je me méfie. Malheureusement, je suis trop pressée pour profiter de sa présence si agréable au déjeuner.

J'ai quand même le bonheur de le croiser dans le corridor. Je ne l'ai jamais vu l'air si bête ! Ça ne doit pas tourner rond avec ma mère. Ça ne sent pas bon ici. Je préfère les murs de béton de ma polyvalente. Je me sauve avant qu'il m'offre de me conduire à l'école. Ma mère aurait pu choisir un animateur de pastorale d'une autre école ! J'ai l'air de quoi ?

♣

Michaël a disparu des murs des corridors. C'est rassurant. Par contre, j'ai eu une nouvelle vision ce matin. Une hallucination vivante. Une fille aux cheveux frisés, genre sportif que je n'aime pas du tout. Je ne voudrais donc pas qu'elle veuille être mon amie, celle-là ! En la croisant dans le tourniquet à l'entrée de la bibliothèque, j'ai senti une grande vague de chaleur. Ça doit être ma montée hormonale qui fait ça parce que là, je ne me comprends plus.

Ça me rappelle la gang de filles du secondaire III qui sont toujours ensemble, collées les unes aux autres. Disons que sortir avec un gars ne fait pas partie de leurs priorités. Il paraît que c'est une mode. Je dirais que c'est une bonne façon de se calmer les petits nerfs. Je comprends mieux que je pensais, finalement. Je ne suis pas plus rassurée sur mon état de santé. Si je raconte mes bouffées de chaleur à Carine, elle pourrait me bouder jusqu'à la fin de l'année. Elle aime trop les gars pour comprendre.

En parler à Lamoureux ? Je ne veux pas qu'il sache que j'ai deviné pour lui. J'aimerais bien savoir quand même ce qui se passe dans sa vie. Est-ce qu'il s'est disputé avec son chum ? Sa maison est peut-être à vendre ? Je suis certaine qu'il n'y a presque plus de meubles dans le salon, juste son système de son. C'est épouvantable ce qui doit lui arriver ! Je le trouve courageux de nous endurer.

Moi qui allais le rencontrer pour éclaircir le devoir de la semaine passée. Je pense que je vais laisser tomber. Je sais maintenant trop de choses sur sa vie.

Si la direction nous voit ensemble, elle pourrait vouloir se servir de moi pour scruter sa vie privée.

Tiens, Michaël est avec Carine à la cafétéria. Je pensais que ces deux-là ne s'enduraient pas. Dis-moi pas que Carine essaie de le séduire dans mon dos ! Il est bien trop jeune pour elle ! Jalouse, moi ? Aucune raison de l'être. Il ne m'intéresse pas, Michaël. Mais je n'aime pas les manigances. C'est tout.

J'aimerais être ailleurs qu'à la maison ce soir. J'ai toujours été fière de ma féministe de mère mais là, je trouve qu'elle en perd avec son chum. Il n'y a pas beaucoup de lumière dans le salon, mais je vois très bien comment il la regarde. Il lui dit qu'elle devrait porter des robes moins décolletées pour aller travailler. Ses lunettes doivent être mal ajustées. Ma mère se défend mais il lui coupe la parole. Il veut toujours avoir raison. Il monte le volume de la télé. Ma mère abandonne. Je me lève pour respirer de l'air moins vicié. Il me semble qu'elle devrait se rendre compte que ce gars-là a une tête de rapace. Elle mérite mieux que ça. Cours de condition féminine 101, maman. Tu devrais retourner à l'école !

Pas moyen d'être toute seule dans « ma » chambre. Ma sœur est encore devant le miroir. Elle me tombe sur la tomate. Qu'elle se trouve donc un chum au lieu de perdre son temps à regarder si ses dents se replacent comme il faut ! Elle doit m'en vouloir encore avec mon histoire de fille qui s'est suicidée. Après que le dentiste lui a enlevé ses broches — le même modèle que ma sœur —, ses dents avaient tellement reculé qu'elle avait l'impression d'avoir oublié de mettre son dentier. Elle ne s'en est jamais remise. Faudrait peut-être que je lui dise que c'était juste une blague.

J'ai hâte que ma fête soit passée. Si ma mère ne me donne pas une télé, ce sera quoi, mon cadeau ? Une couverture électrique pour prendre moins de bains chauds ? Un téléphone pour ne plus déranger personne ? Ma mère fait de l'urticaire depuis que Carine est entrée dans ma vie. Ce n'est pas une raison pour m'enfermer dans ma chambre avec un téléphone. Je m'enferme déjà assez moi-même. Et puis il y a des crèmes spéciales pour traiter les démangeaisons.

Le ton monte dans le salon. Le gourou se défoule en traitant ma mère de toutes sortes de noms. Ma mère dit qu'il exagère. Un objet de verre éclate en mille miettes. Je pense qu'il vient de lancer sur le mur le vase préféré de ma mère. Elle lui dit qu'elle va faire plus attention à son habillement. Les yeux tout écarquillés, ma sœur me dit qu'il n'a pas dû faire exprès.

Elle a aussi peur que moi. Pourquoi prend-elle sa défense ? On n'entend plus rien. Je sors pour voir ce qui se passe.

Je tousse pour qu'il se rende compte que je suis là. Ma mère tremble de partout. Je m'accroche dans le porte-journaux. Là, il vient de me voir. Il se tait. Il me regarde sans me faire son beau sourire et se rassoit.

Moi qui avais le goût de prendre un long bain, je choisis l'option douche. Cinq minutes plus tard, je replace le porte-journaux. La tempête s'est calmée dans le salon. Ma mère regarde un documentaire sur les pélicans. Elle a l'air complètement épuisée. Le gourou a hâte que je termine de ramasser le « pot cassé » avec le porte-poussière. S'il pense que je vais disparaître aussi facilement ! Je retrace un à un les petits morceaux dorés incrustés dans le tapis. Ça va donner le temps à ma mère de se réfugier dans sa chambre.

Mon lit est vide. Il me semble que retrouver Jean, mon correspondant de guerre, me ferait du bien. Ce n'est pas trop compromettant de communiquer par écrit. Il est tellement loin, perdu dans les tranchées.

J'ai reçu une lettre ce matin. Je ne l'ai pas encore ouverte. J'ai préféré attendre toute la journée. J'adore essayer de deviner ce qu'il a pu m'écrire, mon beau soldat. C'est toujours lui qui m'écrit. C'est signe qu'il est toujours vivant. J'ai peur de recevoir une lettre du régiment qui m'annonce une catastrophe, une mutilation,

un enlèvement. Il faut que je profite de sa corres-
pondance. Je ne le verrai peut-être jamais.
J'ouvre l'enveloppe. Il écrit qu'il n'a pas encore
reçu ma lettre. Il est impatient de lire mes mots
à défaut de boire mes paroles. C'est vrai, je ne
l'ai pas encore terminée.

Je lui réponds pour lui offrir ma bouche, mes
lèvres. Je n'ai pas mis de rouge à lèvres. Je décris
comment je l'embrasserais longtemps pour avoir
l'impression que le temps s'est arrêté. Ça goûte
bon. C'est mouillé. Je veux qu'il oublie la
guerre, qu'il se sente transporté ailleurs.

Il regarde mes seins, les devine sous ma robe
ajustée. Il m'intimide et m'attire à la fois. Sa
voix me chante des paroles d'amour à l'oreille.
Un long frisson traverse ma nuque. Nos corps se
rapprochent, s'enlacent brusquement. Son lit
n'est pas très loin mais nous nous arrêtons là. Je
ne vois plus rien. Il a disparu mais je le sens en-
core près de moi, dans mon lit. Je me sens saoule,
engourdie.

Il fait très noir. Une odeur de fumée de cigarette traverse la porte de ma chambre. Le
gourou fume toujours avant de se coucher.
Lui qui est si poli, il pourrait aller se geler dehors. Je m'endors en pensant à Jean. *J'arrive*
maintenant à deviner son visage, ses épaules
larges. Il me donne un dernier baiser sur les
lèvres, les yeux, les tempes. La nuit sera longue et
douce.

♣

Toute la famille va gagner le record Guinness des yeux cernés cette année. Ça doit être génétique. Ma mère, ce matin, a les cernes plus épais que les miens, mais sûrement pas pour les mêmes raisons. J'ai entendu son chum se lever très tôt. Il doit connaître par cœur le motif du sofa du salon.

Monsieur est frustré de ne trouver qu'une boîte de thon pour préparer son lunch. C'est déjà beau! Il dit à ma mère qu'elle ne respecte jamais ses goûts; il déteste le thon. Il nous raconte que son père l'avait forcé à en manger. Pauvre enfant maltraité! Ma mère répond qu'elle allait justement faire l'épicerie ce soir.

Le gourou offre à ma sœur de la reconduire à l'école. Il a une proposition à lui faire pour son comité de femmes. Elle sourit. Il aime tellement s'impliquer dans tous les comités imaginables de l'école. Il s'organise toujours pour devenir irremplaçable. J'en inventerais un juste pour voir sa réaction!

Ça fait une demi-heure que j'enveloppe mon sandwich. Je n'avance pas. Je pense trop à Michaël.

Je ne sais pas ce qui m'arrive mais je m'ennuie de lui. C'est peut-être la nostalgie d'avoir quitté mon soldat hier soir. J'essaie de me rappeler sa voix, sa façon de marcher, ses mains. Il a de belles mains avec de longs doigts, des ongles bien arrondis. Il lui manque une chose importante : des poils sur la poitrine. Il est trop jeune. Si je le suivais dans son cours d'éducation physique, je pourrais en voir un peu plus !

Ça me ronge de l'imaginer avec ma meilleure amie. De quoi pouvaient-ils parler hier à la cafétéria ? Carine s'amusait peut-être à séduire Michaël pour vivre une nouvelle expérience. Ou bien ils organisent un party pour ma fête ?

Dans la version numéro un, je serais jalouse. Devrais-je sauter sur Carine et lui arracher une couette de cheveux ? Faire ensuite une déclaration d'amour à Michaël pour être sûre de ne pas le perdre ? Dans la version numéro deux, la colère me monterait au nez si on complotait dans mon dos. La panique m'envahirait.

Le dernier *party* surprise remonte à mes neuf ans. Un vrai fiasco. Quand tout le monde est apparu, je me suis sauvée. Je ne voulais pas fêter avec mes cousines. Ils m'ont cherchée pendant une heure. Ma mère en parle encore. Je me demande qui a été la plus traumatisée des deux.

Qu'elle me laisse donc le temps, Carine Beaulieu, de vivre ma vie ! Je suis capable toute seule d'inviter Michaël si je veux et où je veux. Mais qui a parlé d'invitation ? De toute façon, je n'ai jamais eu de meilleure amie. Ce n'est certainement pas Carine qui va hériter du titre. Je ne peux pas supporter l'hypocrisie.

Je savais bien que j'arriverais en retard à mon premier cours. Avec mes douze mille questions, j'ai pris deux fois plus de temps pour me rendre à l'école.

Réveille, Chloë !

♣

Juste pour se faire aider en maths, les filles font des beaux yeux aux gars. À la fin du cours, on a déjà deux nouveaux couples. Ça pourrait donner des idées à Carine pour sa future agence de rencontres.

Durant le cours de français, je m'assois au fond de la classe. Je dérange les habitudes de tout le monde. J'ai une belle vue sur le dos de Carine. Le gars assis derrière elle commence à avoir les yeux croches. Il est resté trop longtemps accroché à sa fermeture éclair. Michaël ne semble pas regarder les filles. Peut-être parce que je suis derrière lui. Il ne veut pas attraper un torticolis.

En sortant du cours, je me décide. Je fais une femme de moi ! J'avance dans le corridor. J'arrive devant le casier de Michaël et l'invite à garder avec moi samedi prochain. Michaël est dans tous ses états. Il bégaye en me répondant. Je ne déteste pas ça. Comme par hasard, Carine est à côté de nous ; elle a tout entendu.

Je n'ai pas tellement envie de garder chez M. Poirier. Difficile de boycotter ses clients quand on veut obtenir un peu d'autonomie financière. Et c'est un bon moyen de se coucher tard. J'imagine déjà la tête de M. Poirier en me voyant entrer avec Michaël. Il devrait regarder les films de minuit au lieu de sortir. Voyeur.

Dommage que Lamoureux n'ait pas d'enfants. Il m'aurait demandé de garder chez lui depuis longtemps. Mais qu'est-ce qui me dit qu'il n'en a pas, juste parce qu'il est gai ? Je ne suis donc pas évoluée ! En plus d'avoir vidé la maison, son chum est peut-être parti avec leur bébé ? Dur coup pour un couple !

C'est tentant de dévoiler le secret. Je ne voudrais surtout pas le décevoir.

♣

Je suis presque contente d'être à la maison avec ma famille. Ça ne doit pas tourner tout à fait rond. Ça fait du bien de retrouver ses vieux meubles. Le salon, la télé, ma mère sans son chum, ma sœur. On pitonne chacune notre tour pour tomber sur la série du gars violent qui était très gentil dans les trois premiers épisodes. Ma mère insiste pour qu'on l'écoute. Ça doit lui servir de thérapie.

Ma mère a encore les yeux cernés, mais je la sens plus détendue. Ma sœur aussi a l'air d'apprécier qu'on soit toutes ensemble. Le partage de la salle de bains se fait sans accrochage. Mon tour arrivé, je ne m'éternise pas dans le bain pendant des heures. L'odeur de peinture neuve a complètement disparu. On pourrait peindre le salon la fin de semaine prochaine.

L'inconvénient d'être sur la même longueur d'ondes, c'est que ma sœur se couche en même temps que moi. Elle en profite pour me parler de son fameux comité. Elle a réussi à le convaincre d'accepter l'aide du gourou, à titre de support technique seulement. Qu'est-ce qu'un gars pourrait faire d'autre dans un comité de femmes ? Grâce à lui, elles ont obtenu un local deux fois plus grand. Il s'infiltre vraiment partout !

J'ai besoin d'un effort supplémentaire de concentration pour retrouver mon chanteur ou mon beau soldat. La fatigue de la journée prend le dessus et me rive au lit immédiatement. Je soupçonne ma grande sœur d'avoir des pratiques semblables. Le pied en l'air — une manie —, elle fait semblant de dormir. J'essaie de me replonger dans la scène du chanteur des « Cols roulés » mais il est disparu. La présence de ma sœur doit avoir un effet de censure.

Mon correspondant de guerre frappe à la porte. Il revient en permission. Surprise, je laisse tomber la lettre que j'étais en train de lui écrire. Je me sens rougir à l'idée qu'il ait lu ma lettre précédente. Est-ce le bon soldat ? Il n'est pas beau comme je l'imaginais. La peau de son visage est crevassée. La photo était si floue. Par contre, il a deux bras, deux jambes. Il s'approche de moi et tente de m'embrasser. Je recule, c'est trop vite. Je lui demande qu'il me prouve d'abord son identité.

C'est bien lui. Je suis déçue mais je ne veux pas qu'il s'en aperçoive. Toute cette route pour rencontrer sa correspondante. Je l'embrasse sur la joue et lui dis que je suis contente de le voir. Je rougis à nouveau, de honte cette fois. Je pose un regard sur ses mains. Elles ne sont pas abîmées par les grenades. Elles ressemblent à celles de Michaël, toutes longues et effilées. Des mains qui doivent bien toucher, bien caresser. C'est ce qu'il fait, mon beau soldat, mon guerrier. Il m'étreint tout doucement. Il a compris ma déception. Est-il lui-même déçu ? Je sens qu'il ne reviendra pas. Il est presque laid mais a des mains si magnifiques. J'en prends une et l'embrasse de mes lèvres couvertes de rouge. Il gardera une trace passagère sur son corps. C'est tout ce que je peux lui offrir. Je tourne sa main et je respire l'odeur de sa paume, chaude et humide.

Le pied en l'air de ma sœur tombe, elle vient de s'endormir. Mes draps sont chauds et humides.

Même pas fini de grandir

MICHAEL a téléphoné. Il vient garder avec moi tout à l'heure. Il connaît M. Poirier. Il paraît que seules les filles acceptent de garder chez lui. Comme potin, j'ai déjà vu mieux. Ce n'est quand même pas avec lui qu'il va passer la soirée.

Bon ! Au tour de Carine de téléphoner pour m'offrir ses précieux conseils matrimoniaux. Elle veut me prêter une de ses nouvelles jupes. Elle oublie que ce qui intéresse les gars, c'est ce qu'il y a dedans. Carine, la jolie, féminine, ronde où il faut, la sexy. Je ne suis pas le genre à me demander pendant une heure : « Qu'est-ce que je vais porter ce soir ? »

Mon devoir de gardienne exemplaire m'appelle. Jeans, jupe ou boa, le temps avance et M. Poirier arrive dans quelques minutes. Prête pas prête, les couches jetables m'attendent.

J'enfile mes jeans, c'est plus pratique. Michaël viendra me rejoindre plus tard dans la soirée. Il veut éviter de croiser le célibataire endurci et, surtout, d'alimenter ses fantasmes. On a prévu une visite pas trop tardive pour éviter qu'on… que je me fasse prendre les culottes baissées encore une fois.

♣

Tout se déroule comme prévu durant les premières heures. Je laisse tomber les deux services dans le garde-manger. J'ai besoin de toute ma concentration. Le sucre gèle le cerveau, comme le saké de ma mère que j'ai goûté l'autre jour.

Michaël fait son entrée vers dix heures trente avec ses cheveux bien coupés, sa chemise en jeans et son tee-shirt blanc immaculé. Ses yeux verts sont très lumineux. Une odeur de parfum pour homme flotte dans le salon. La perfection, comme toujours.

Carine m'appelle vers onze heures trente pour me suggérer un bon film qui commence dans quinze minutes. Je lui réponds que Michaël m'a fait la même suggestion. On verra bien tout à l'heure. J'ai envie de lui clouer le bec pour lui montrer que je ne suis pas si tarée qu'elle pense. Les films de gardienne, je les connais. Michaël aussi, on dirait.

Quoi dire, quoi faire avec un gars qu'on a invité pour garder un samedi soir en espérant l'éliminer de ses fantasmes et du programme de l'agence de rencontres de sa meilleure amie?

Le film érotique commence. Il me semble que ça ne devrait pas être le genre de Michaël. Vite, bébé Poirier, pique-moi une crise de larmes pour me sortir du pétrin! Je pourrais lui suggérer autre chose qu'un film qui repasse à tous les trois mois.

Déçu? Je ne le saurai jamais. Michaël accepte de jouer aux Dés de la destinée en écoutant une cassette de musique qu'il a apportée. Notre intérêt pour l'ésotérisme nous fait un point en commun.

Après une heure à jeter les dés en espérant que notre avenir se dessinera tout seul, je m'attarde à nouveau à ses mains, identiques à celles de mon rêve. Me toucher, me caresser, elles pourraient servir à ça. Michaël remarque que mon attention s'est déplacée. Il prend mes cheveux dans ses mains, les laisse glisser entre ses doigts. Je ne bouge pas, c'est drôlement agréable. Il refait le même geste encore plus doucement. Il me regarde amoureusement.

J'en oublie presque la progéniture de M. Poirier qui réclame son biberon d'un cri si strident que je me lève, à moitié paralysée. Je sens dans mes cheveux une vague de chaleur qui se prolonge jusqu'au berceau. Ses besoins primaires assouvis, bébé s'endort aussitôt.

Michaël se tient debout dans le salon, prêt à partir. M. Poirier pourrait arriver d'une minute à l'autre. Il m'embrasse sur la bouche nerveusement et quitte par la porte arrière. Mon gardien vient de partir. Mon client, lui, arrive une heure et demie plus tard. Si on avait su !

♣

J'ai envie de prendre un bain en rentrant. L'eau tiède va me replacer les idées. Les lumières de la cuisine sont encore allumées. Ils veillent tard ! Le gourou me dit qu'il avait une fringale avant d'aller se coucher. Toujours aussi généreux, il m'offre un quartier d'orange. Non merci. Je préfère attendre le déjeuner.

J'ai beau faire des vagues dans le bain, j'entends le gourou dire à ma mère que c'est de sa faute s'il s'est coupé le doigt avec le couteau. Si elle était moins collée sur lui, ce ne serait pas arrivé. Menteur.

L'eau est devenue glaciale. Je demande à ma mère de m'apporter une serviette propre. Elle me dit que tout va bien. Elle est trop pressée de se défendre pour que je la croie. Qu'est-ce qu'elle attend pour réagir ? Je lui en ferais toute une coupure à son chum ! Je me dépêche d'enfiler mon pyjama pour retrouver mon lit.

Pourquoi Michaël m'a-t-il embrassée si rapidement avant de partir ? Il aurait pu le faire pour que ça en vaille la peine. J'aimerais entendre sa cassette de musique pour m'endormir.

Je ne suis pas certaine que cette aventure soit plus palpitante que celle de mon soldat.

Lui au moins, je peux le zapper quand je veux. Ça va vite, ça va trop vite à mon goût ! Je ne suis pas pressée de vivre le grand amour. Je n'ai même pas fini de grandir. Pas de panique à bord. Mes draps pleins de petites boules me stressent. Ma peau glisse mal. Après trois inspirations profondes, les couvertures relevées jusqu'au menton, j'arrive à me calmer.

Michaël revient chez M. Poirier par la porte d'en arrière. Il avait oublié de me laisser une lettre. Il disparaît aussi vite. « Je ne m'intéresse pas à ton amie Carine. C'est toi que j'aime, Chloë Robichaud. »

Nous sommes de retour à l'école. Je m'approche de lui. Je l'embrasse pour vrai. Un baiser avec la langue qui dure au moins deux minutes. Tout le monde fait du bruit autour de nous pour nous déranger. Il me prend par la main pour m'emmener plus loin. Il m'embrasse à son tour. C'est encore meilleur. Ça dure plus longtemps. On n'arrête plus de s'embrasser. Je ne sens plus mon corps. Une fille aux longs cheveux noirs nous observe, un vrai vautour. On dirait qu'elle connaît Michaël. Elle disparaît.

J'entends ma mère dans la cuisine. À l'entendre tourner les pages, son journal doit être à moitié déchiré. Elle peut bien faire de l'insomnie. Le gourou lui, doit ronfler depuis longtemps.

♣

Michaël m'observe du coin de l'œil durant tout le cours de français. Il attend une réaction de ma part. Je me sens tellement gênée de l'avoir invité à garder, mais surtout d'avoir complété le scénario. Je ne suis pas certaine de vouloir vivre pour vrai le long baiser mouillé de mon rêve. La peau me pique partout. On dirait que toute la classe nous a vus sur vidéocassette faire du salon chez M. Poirier. S'ils ont autant d'imagination que moi, on n'a pas fini d'en entendre parler.

Lamoureux ne nous regarde même pas, ni Michaël ni moi. La cassette ne doit pas lui plaire. Il doit se sentir tellement seul sans son chum et son petit garçon, Samuel.

En fait, Lamoureux ne regarde personne aujourd'hui. Il tripote nerveusement ses notes aux cinq minutes. Tout le monde se regarde en espérant qu'il ne pose pas trop de questions. Il bafouille plus qu'à l'habitude. Sa séparation doit trop le chavirer. Ça doit être difficile de cacher toute sa tristesse, son désespoir. Je me demande s'il va être capable de passer le reste de l'année avec nous. Il va avoir besoin de vitamines et d'une bonne couverture électrique cet hiver. C'est bien trop romantique, faire des feux de foyer.

À la sortie de la bibliothèque, Carine ne me parle toujours pas de ma fête. C'est pourtant la fin de semaine prochaine. Elle doit être trop occupée avec ses super partys. Elle trouve que j'aurais pu me forcer un peu plus samedi avec Michaël. J'aurais pu m'habiller plus sexy, le retenir fougueusement quand il m'a embrassée, lui répondre que c'était peut-être sa dernière chance. Pour l'instant, je préfère imaginer la suite dans mon lit.

J'ai l'impression de ne faire qu'une chose cette semaine : éviter Michaël. Je me faufile partout dans les corridors. Je vais souvent aux toilettes quand je dîne à la cafétéria pour disparaître de son champ de vision. Je choisis la table dans le coin le plus perdu de la bibliothèque. Je vis comme un fantôme. Tout le monde me cherche tout le temps. Va bien falloir que je lui dise quelque chose un jour. J'ai besoin de réfléchir à mon avenir.

Ma mère et ma sœur ne sont pas à la maison ce soir. Elles ne m'ont pas dit où elles allaient. J'ai remarqué que chaque fois que j'arrivais dans la cuisine cette semaine, elles parlaient de la météo. Elles radotent beaucoup pour leur âge. Une des armoires de cuisine ferme très mal depuis deux jours. Je n'ai pas osé l'ouvrir. C'est drôle, personne ne m'a appelée pour garder demain. La soirée va être longue. Est-ce que ma sœur préférée filtre mes appels téléphoniques ?

Par un beau vendredi soir, la veille de ma fête, je suis toute seule devant la télé. Carine ne m'a même pas téléphoné. Je pense qu'elle me boude depuis que je n'ai pas voulu emprunter sa jupe en suède pour garder. Elle devrait me remercier parce que, samedi dernier, la progéniture avait la digestion plutôt nerveuse.

Je ne sais pas si c'est la nostalgie de la dernière journée de mes douze ans, mais je m'ennuie à mourir. Je sens que je vieillis et que ça ne s'arrêtera jamais. Je m'imagine déjà en train d'arracher mon premier cheveu blanc. J'ai la trouille pour demain. Prendre un super bain d'huile relaxante à la camomille pendant deux heures ne me dit rien. L'idée d'avoir une télé dans « sa » chambre ne m'énerve même plus.

J'ai le goût de prendre de l'avance pour retrouver, peut-être pour la dernière fois, mon soldat du quatorzième peloton. Notre rencontre a été tellement catastrophique. Le fauteuil du salon est très confortable.

Mon beau... mon cher soldat, j'espère que le retour s'est bien déroulé. Je garde un vague souvenir de notre rencontre. Tout s'est passé si rapidement. Je ne m'attendais tellement pas à ta visite. J'ai dû te paraître froide, même maladroite. Je m'en excuse. Je rêve tous les soirs à tes mains. Je les imagine. Elles apprivoisent mon corps, glissent sur mon cou, le long de mon dos. Elles me manquent. Raconte-moi comment elles s'y prendraient pour me reconnaître à travers mille corps de jeunes filles. Je me rappelle leur odeur de cuir. Tu ne fumes pas, cela me réjouit. Il n'y a plus de frontière entre nous. Écris-

moi encore une fois avant la fin de cette sale guerre.

Une envie de pipi me réveille. Je ne vois plus très clair quand je croise ma mère dans le corridor. Elle me dit tendrement bonne nuit comme quand j'étais petite. J'ai l'impression de prendre un coup de vieux.

Garder les yeux ouverts

SAMEDI matin. Ça y est, j'ai treize ans. Je suis née à six heures et demie du matin. Je suis de bonne humeur. C'est plutôt rare, le matin. J'ai même envie de me lever. C'est fou ce qu'on peut changer vite. L'année du *party* où j'ai disparu, j'envoyais tout le monde promener. Je n'étais pas un cadeau.

On m'accueille dans la cuisine avec un super déjeuner : pamplemousses roses, croissants au beurre, chocolat au lait, mes confitures préférées sur une nouvelle nappe fleurie qui doit coûter une beurrée. J'ai droit à des grands sourires, des becs de ma mère et de ma sœur. Ma musique préférée joue à la radio. Je suis presque aux oiseaux. J'ai envie de profiter de tout ce qu'on m'offre. Qu'est-ce qu'il m'arrive ?

Elles me proposent un souper aux chandelles à la maison, entre femmes. On n'a jamais été le meilleur trio en banlieue, pourtant. Le gourou est parti à un colloque toute la fin de semaine. Yé! Ma mère n'est pas capable de se retenir plus longtemps. Elle me donne mon cadeau. Un certificat-cadeau de cent dollars pour aller magasiner à mon centre commercial préféré. Dans l'enveloppe, elle a ajouté une série de coupons-rabais qui expirent tous aujourd'hui. Si elle a besoin de la place pour faire le grand ménage, ça adonne bien! Pas moyen d'aller magasiner avec Carine. Elle a un travail urgent à terminer en fin de semaine. Tant pis pour le boudin, je vais me débrouiller toute seule.

♣

Rendue dans les boutiques, je n'ai plus tellement la tête à magasiner, finalement. Tout d'un coup je rencontre Lamoureux? Il doit visiter des magasins de meubles. C'est tellement triste, un salon vide. Il va peut-être en profiter pour changer complètement de style et s'acheter des fauteuils en cuir avec des rideaux en velours bourgogne. Lui qui adore écouter de la musique, il va s'équiper pour de bon en s'achetant une super chaîne stéréo. C'est excellent pour créer des ambiances chaleureuses. Et pourquoi pas des nouveaux vêtements pour changer de peau? Il devrait aller en ville. Il aurait un meilleur choix.

Ils avaient peut-être raison de penser que Lamoureux se déguise en femme. Avec tous ces problèmes qui lui ruinent la santé, je comprends qu'il ait besoin de s'exciter un peu.

Il est déjà quatre heures et demie. Je n'ai rien trouvé à mon goût. Je ne vais certainement pas dépenser mon certificat-cadeau chez Décor Passion. Terminé, le magasinage.

♣

C'est ma fête. On m'accueille avec un souper à la chandelle. C'est bien beau les soupers avec la famille, mais je m'ennuie de la purée de bébé à la pêche. Ma sœur ne m'a pas encore donné de cadeau. Si elle fournissait la télécommande, elle doit être déçue parce qu'on n'aura pas de télé dans « sa » chambre cette année. À moins qu'il y ait une autre surprise plus tard ?

La soirée va être longue. Le même disque tourne depuis une heure et demie comme si on se trouvait dans un temps mort. Ma grand-mère m'a téléphoné pour me souhaiter bonne fête. Les chandelles commencent à couler partout sur la nappe.

Un super *party* ? Impossible. J'aurais eu des soupçons, des indices. On m'aurait poussée à sortir pour préparer la fête et décorer partout dans le sous-sol avec des parapluies chinois. À l'heure qu'il est, il serait temps qu'ils arrivent parce que moi, je vais aller prendre mon bain puis me coucher. Ça commence à être plate.

Personne ne m'empêche d'aller prendre mon bain. Le soir de ma fête, de mes treize ans ! En plus, je n'ai rien trouvé au centre commercial pour dépenser mon certificat-cadeau parce que j'ai passé ma journée à chercher Lamoureux et à m'inquiéter de sa santé ! Il va trop souvent à la pharmacie. Je l'ai vu aujourd'hui avec sa prescription dans les mains. Elles tremblaient tellement il était nerveux. Il ne va quand même pas me faire le coup du suicide. Qu'il ne fasse pas le fou !

Il faudrait bien que je sorte du bain. Ma sœur a intérêt à ne pas chialer quand elle s'apercevra que j'ai vidé sa bouteille de bain moussant à la fleur de lotus. Je n'ai même pas de nouvelle robe de chambre pour recevoir mes invités. Ils vont être déçus de me faire « surprise, surprise ! » quand ils vont me voir avec mes vieilles *leggings* trouées. Si Michaël est invité, ça va être gênant pour nous deux.

Bon bien, je sors du bain pour vrai. Je n'entends rien, pas de bruit de foule. Ma mère a loué trois vidéos pour la soirée, c'est gentil. *L'Amour ne suffit plus* et *La Dérive des aventuriers*; je les connais par cœur. Heureusement qu'il y a un beau gars dans le film *Jack Smith séduit en vol.*

Je dors presque quand *le beau Jack, les cheveux un peu trop gris, m'offre un billet pour partir avec lui en Californie. Ça tombe bien. J'ai toujours rêvé d'y aller. Je pars sans prévenir personne et je suis mon beau vieux à l'aéroport. L'avion décolle. Le gars me fait la conversation avec son accent anglais et ses belles dents. Il me colle la cuisse. J'ai très chaud mais je m'habitue vite au changement de température. Je me sens complètement incrustée dans le fond de mon siège. Je ne décollerais pas de là. On entend un bruit étrange derrière l'avion. Tout le monde panique en poussant un grand cri.*

« Surprise » ! Est-ce que mon super *party* commence ? Quelle idée de me réveiller dans cet état-là ! Tout le monde remonte du sous-sol. Ils attendaient le meilleur moment pour me surprendre. Bravo ! Ils l'ont bien choisi.

Au sous-sol, il y a des dizaines de ballons, des gros, des petits, des longs, des ronds. Les cadeaux sont empilés sur la table. Parmi les invités, il y a Carine, très chic, avec son nouveau chum et sa gang. Ma cousine Sophie a invité ses deux amies. Michaël est là, les yeux ronds comme des billes de me voir chez moi en vieilles *leggings*. Ça n'a pas l'air de lui déplaire, moi non plus d'ailleurs.

Moi qui n'aime pas les *partys*, je m'amuse quand même toute la soirée. La musique, le punch aux fruits, les chips au barbecue, les sandwichs roulés au jambon, je ne m'attendais tellement pas à ça. Michaël a l'air content d'être ici. Je n'ose pas trop m'occuper de lui, mais je n'arrête pas de regarder dans sa direction. Il doit s'en rendre compte parce qu'une fois sur deux, il me lance un regard doux. Je sens mes genoux ramollir chaque fois.

Un invité surprise descend l'escalier. Le chum de ma mère a fait trois heures d'auto pour venir à ma fête. Elle ne l'avait pourtant pas invité ! Il dépose discrètement une boîte enrubannée dans la pile de cadeaux. Ma sœur lui offre un verre de vin. Il refuse en replaçant nerveusement le peu de cheveux qui lui reste sur la tête. Ma sœur le trouve pas mal colleux. Pour faire de l'air, elle continue sa tournée des invités. Il n'arrête pas d'observer ma mère en train de jaser avec ma cousine. Il s'approche d'elles et change leur sujet de conversation. Il a tellement de facilité pour parler à tout le monde.

Ma sœur vient me retrouver pour me dire combien je suis chanceuse de connaître un beau gars si sympathique, si attentionné. Je coupe court à sa pluie de compliments. Je le connais, Michaël. Je n'ai pas besoin d'une description détaillée. Quelle idée aussi d'avoir promis de ne pas avoir de chum avant d'enlever ses broches ! Elle envierait moins les autres filles.

Bon, c'est l'heure de déballer les cadeaux. Le gourou m'a offert tout un assortiment de bains moussants, mes odeurs préférées en plus. J'en ai pour au moins deux ans. S'il veut se faire pardonner, il a raté son coup. J'ouvre enfin le plus beau cadeau, celui de Michaël : deux billets pour aller voir les « Cols roulés ». Génial !

Michaël vient me dire bonsoir avant de partir. Je l'invite à venir au spectacle avec moi. Il est tellement content qu'il m'embrasse brusquement. Il n'y a personne autour de nous cette fois-ci. Sa façon de m'embrasser m'étonne tellement que je me sens devenir rouge tomate. Les yeux fermés, il m'embrasse pendant plus d'une minute avec la langue. J'ai envie de garder les yeux ouverts pour voir comment il s'y prend mais c'est trop bon. Je ferme les yeux à mon tour pour mieux sentir la chaleur dans ma bouche. Il prend le creux de ma nuque dans ses mains. Je me sens tout enveloppée. Plus moyen de m'échapper.

Il part aussitôt après en n'oubliant pas d'aller remercier ma mère et ma sœur. Ma mère aussi a l'air d'apprécier Michaël. Elles se sont toutes donné le mot ! Elle lui demande depuis combien de temps il me connaît. Il cherche la réponse. Il n'y avait pourtant pas d'alcool dans le punch. Carine me fait un clin d'œil qui ressemble à un tic nerveux. Elle a dû remarquer mes bouffées de chaleur durant la soirée. La maison se vide d'un coup.

Ma chambre est toujours pareille. J'ai le goût de placer les meubles autrement mais il est un peu tard. Faudrait que je consulte ma sœur. L'invité imprévu est resté collé au salon. On dirait qu'il déménage les meubles tellement il fait du bruit. Il crie à ma mère qu'elle avait une belle façon avec tout le monde au *party* sauf avec lui. Il veut savoir ce qu'elle est allée raconter à mes amis. Ma mère répond qu'elle n'a rien dit de spécial. Il lui dit qu'elle a encore besoin de se faire rafraîchir la mémoire. Elle vient de recevoir une claque. J'entends ensuite un gros coup dans le mur. Maudit écœurant ! Qu'il débarrasse donc le plancher pour laisser ma mère tranquille ! Comment fait-elle pour endurer ça ?

Ma sœur rentre brusquement et se couche en éteignant la lampe de chevet. Je lui demande de la laisser allumée. Je ferme les yeux en essayant de me détendre.

Me faire réveiller dans le fond de mon fauteuil par un crash d'avion, c'est assez surprenant. Où est-il, mon voyageur anglais ? A-t-il survécu à la tempête et aux fortes marées ? En donnant un coup de téléphone, j'apprends qu'il a réussi à se rendre jusqu'en Californie. Je le rejoins le lendemain à son hôtel, à San Francisco. Je frappe à sa chambre, porte 223, mais je ne le reconnais pas. Il est beaucoup plus jeune. On dirait que c'est Michaël. Il est très beau, très grand. Il me sourit, si heureux de me voir là. Il ouvre ses bras pour m'enlacer et me chuchote qu'il me garderait bien longtemps près de lui. Je l'embrasse à mon tour.

Il est deux heures du matin. Ma fête est finie. J'éteins la lampe.

Un moment fatidique

Comment fait-on pour savoir si on est réel-lement amoureuse ? Si jamais je décidais de sortir avec Michaël, qu'est-ce qu'on ferait de plus que maintenant ? Qu'est-ce qui me dit que je vais être encore capable de rêver quand je veux et à qui je veux ? À qui vais-je me confier sans que toute la banlieue ne soit au courant ?

Carine va sûrement me téléphoner ce midi pour me demander ce qui s'est passé avec Michaël. Qu'est-ce que je vais lui raconter ? Que je n'ai jamais été aussi mêlée de toute ma vie ? Que j'ai beaucoup aimé ça quand Michaël m'a finalement embrassée ? Que je commence, moi aussi, à le trouver beau et attirant comme toutes les filles de l'école ? Que je suis en train de tomber en amour ? Que j'ai peur à manger trois carrés de sucre à la crème sans respirer une seconde ? Je ne prendrai quand même pas un abonnement à vie avec lui ! Le téléphone sonne. Michaël m'invite à aller au café du centre commercial. Je trouve qu'il est pas mal vite en affaires.

Le café de ma mère est resté sur la table de cuisine ; la crème est figée. Elle sort de la salle de bains. Elle n'a pas les yeux cernés mais plutôt un œil au beurre noir et le visage tout enflé. Elle me dit d'une voix effacée que ce n'est pas grave. Dans deux jours, ça ne paraîtra presque plus. Elle est infirmière. Elle doit savoir de quoi elle parle. Ce n'est pas beau à voir. Comment va-t-elle faire pour aller travailler ? C'est pas mal plus difficile à cacher qu'une coupure sur le doigt. Je lui demande où est ma sœur. Elle me répond qu'elle avait une réunion, tôt ce matin. Ma sœur fait beaucoup de zèle ces temps-ci. Ma mère retourne dans sa chambre. Le gourou a dû déguerpir avant le lever du soleil pour arriver à temps à son colloque.

J'essaie de me dépêcher pour m'habiller, mais je n'arrive pas à aligner les boutons de ma chemise. Pas le temps de déjeuner. De toute façon, je n'ai pas faim. J'ai trop de papillons dans le ventre. On dirait qu'ils ont mal refait le trottoir. Je m'accroche les souliers dedans à toutes les cinq lignes.

Michaël est déjà arrivé. Il commande un chocolat chaud, moi un café au lait. Il me demande de sortir avec lui. Ce n'est pas juste ! Il ne m'a pas laissé le temps de le lui demander moi-même. L'ambiance est très romantique avec la musique de centre commercial comme bruit de fond. Je lui demande de réfléchir jusqu'à mardi. Je flotte sur un nuage de ouates turquoise fluo.

Mon cerveau dégèle tout d'un coup. Est-ce que je suis allée au centre commercial ? Michaël m'a demandé de sortir avec lui ! C'est la première fois que ça arrive pour vrai. C'est certain qu'à six ans, j'ai eu des amoureux pendant une heure ou deux qui se sauvaient dès que je les embrassais. Mais ce n'était pas sérieux comme aujourd'hui. À neuf ans, j'ai envoyé à la Saint-Valentin une carte en forme de cœur à tous les gars que je trouvais beaux. Je n'ai jamais eu de réponse. J'étais pas mal plus intrépide quand j'étais jeune. Ma sœur pourrait prendre la relève. Avec des broches tout le tour des gencives, ce ne sera pas pour cette année.

Je pense déjà à aller me coucher mais il est bien trop tôt. L'insécurité doit me gruger toute l'énergie que j'ai dans le corps. Mon corps, il n'est pas si intéressant que ça ! Pas mal moins que celui de Carine ou de plein d'autres filles de l'école. D'une journée à l'autre, j'ai de la difficulté à me reconnaître moi-même.

Comment un gars peut-il être en amour avec une fille qui n'est jamais pareille ?

Ça me fait penser à Carine et sa garde-robe double. On dirait qu'elle a deux personnalités. Certains jours, elle est super féminine avec son soutien-gorge pigeonnant qu'on voit à travers son chandail moulant. D'autres jours, elle ressemble à Madonna avec ses espadrilles de la même couleur que sa combinaison sportive. Elle déteste pourtant les sports. Une chose ne change jamais. Elle est toujours maquillée numéro un. On ne peut pas toutes avoir une mère esthéticienne.

Le téléphone sonne. Ce serait vraiment exagéré que Michaël me rappelle. J'espère que je ne développerai pas un réflexe : téléphone égale Michaël. Je n'ai pas fini de penser à lui. Ma mère s'éloigne du téléphone. On dirait qu'elle a arrêté de respirer.

Il y a toujours des retardataires pour vous souhaiter bonne fête. Ça fait quand même plaisir d'avoir des nouvelles de mon père une fois par année. C'est tellement compliqué de faire un interurbain des États-Unis.

Je vais me calmer les nerfs en écoutant la télé. J'ai beau zapper par en avant, par en arrière, les images finissent toutes par se ressembler. J'ai plus envie de m'éterniser dans le bain avec du sel de mer. Le policier bronzé qui se pavanait dans les mers du sud pourrait réapparaître dans le fond de mon bain comme une sirène. C'est quoi le masculin de sirène ?

Après quinze minutes à flotter dans le gros sel, j'ai une vision exotique. *Mon bain se transforme en mer du sud. Le policier au bronzage intégral, nu comme un ver, s'allonge sur le tapis de la salle de bains recouvert de sable blanc. Il me fait signe de le rejoindre. Ses lunettes fumées m'empêchent de voir ses yeux. J'ai envie de les enlever. C'est tout ce qui l'habille.*

Je pourrais penser à Michaël au lieu de faire des longueurs de bain avec un pur inconnu. J'aime mieux ne pas prendre de chance. Si j'accepte d'avoir un chum, c'est peut-être la dernière fois que j'hallucine autant que ça. Il est vraiment temps que je sorte du bain sinon je vais me désintégrer en grains de sable. J'oublie de mettre ma robe de chambre avant de sortir de la salle de bains. Mon lit m'accueille à bras ouverts. Je me sens lourde, remplie d'eau, une vraie baleine échouée.

Plusieurs fois, j'entends vaguement le téléphone sonner. Personne ne répond. Le répondeur est débranché. J'espère que ma mère n'a pas oublié les menaces du gourou. Je lui enlèverais une couche de peau et le roulerais dans du chlorure de sodium.

Un mardi pas comme les autres commence. Le moment fatidique approche. Je me ronge les ongles depuis six heures trente ce matin, mais je suis bien décidée. Je ferais mieux de me lever au lieu de me mutiler.

Ça m'a fait du bien d'appeler Carine hier soir pour lui annoncer la nouvelle. C'est bon qu'entre filles on puisse se confier et se défouler un peu. En fait, je vais dire « oui » à quoi donc ? Quelle question m'a-t-il posée au centre commercial ? J'ai peut-être rêvé puis je viens de me réveiller ?

Ce midi, à la cafétéria, j'ai droit à des félicitations de la part de Lamoureux. Il me dit que Michaël et moi, on a un petit quelque chose en commun qui lui rappelle des bons souvenirs. Une vraie farce ! On dirait que Carine Beaulieu a envoyé un message à travers toute l'école. J'ai l'air d'une vraie folle, moi qui avais rendez-vous avec Michaël en fin de journée. Je lui avais pourtant demandé de garder le secret pour elle !

Qu'est-ce que je vais faire maintenant ? Me précipiter pour annoncer à Michaël ce qu'il sait depuis probablement ce matin ? Aller engueuler Carine ? Même Lamoureux s'en mêle. Je ne lui ai pas demandé son approbation. Je trouve qu'il est bien mal placé pour dire quoi que ce soit sur ma vie. Il commence à me décevoir avec ses amours qui ne se règlent jamais. Ce n'est pas en se bourrant de pilules puis d'alcool qu'il va refaire sa vie !

Michaël me rejoint avec son lunch. S'il voulait me voir mijoter dans ma soupe, c'est le meilleur endroit. Il y a deux choix de potage. C'est toujours aussi bon. Il y a tellement de monde. On croirait que la direction a invité des délégations d'étudiants venus de partout au Québec. Ils ont tous l'air d'attendre l'événement de l'année : la rencontre d'un gars et d'une fille qui se morfondent depuis deux jours. C'est sadique d'avoir du plaisir à observer les autres souffrir de gêne.

On décide de sortir de là au plus vite avec toute la dignité possible. On se réfugie au bout d'un corridor où les trois quarts des lumières sont brisées. Là, on se parle pour vrai. Assis par terre, on se regarde avec des signes de « oui » dans les pupilles. On s'embrasse, je crois amoureusement, parce que je sens un choc électrique dans mon ventre. La cloche sonne. Le concierge arrive avec son escabeau pour changer les ampoules. On se relève, un peu étourdis. On n'a plus rien à faire ici.

En fin de journée, je croise Carine, l'air piteux, dans le corridor. C'est la première fois que je la vois dans cet état-là. Son chum vient de lui annoncer qu'il aime une autre fille. Ils n'ont pas fait long feu ensemble ! Moi qui pensais qu'elle se sentait coupable d'avoir bavassé à mon sujet. Je la prends dans mes bras pour la consoler. Puis, je lui dis que je l'aiderai à s'en trouver un nouveau mais que le plus beau est déjà pris.

La nouvelle ne s'est pas encore rendue jusqu'à la maison. J'ai le temps de digérer ma journée. Si j'en parle à ma mère, ça pourrait peut-être l'encourager à se trouver un nouveau chum. Il me semble tout d'un coup qu'il y a plusieurs célibataires autour de moi. Le monde est à l'envers.

Le téléphone sonne. Depuis trois jours, ma mère ne répond plus. Le gourou nous a laissé une série de messages à transmettre à son « adorée compagne », pour s'excuser. Ma mère répond après cinq sonneries. Elle note une adresse sur un bout de papier. Elle se rend dans sa chambre et en revient, cinq minutes plus tard, un peu trop maquillée. Les traces bleu-mauve sur son visage sont difficiles à camoufler. Elle me dit qu'elle ne rentrera pas tard, puis me donne l'adresse du resto. Elle ne fait jamais ça !

J'ai l'impression de passer ma soirée à attendre que le téléphone sonne. Il est déjà neuf heures et demie. Je n'ai pas reçu d'appel de ma mère ni de Carine ni de Michaël. Pourquoi maman n'est-elle pas encore rentrée ?

J'apprécie de retrouver ma vieille chambre. Est-ce qu'elle ressemble à une chambre d'amoureuse ? Il me revient une vision d'horreur de la cafétéria que j'efface au plus vite. Je cherche Michaël dans le fond de mes yeux, mais ma vue est toute brouillée. On dirait de la neige dans un écran de télé. J'aimerais me rappeler l'odeur de ses cheveux quand on s'est embrassés ce midi, et son regard rempli d'étincelles. Je n'arrive pas à retrouver la même magie. J'essaie de m'endormir.

Mon correspondant de guerre m'a écrit une nouvelle lettre, mais je ne reconnais pas son écriture sur l'enveloppe. Je l'ouvre nerveusement car je m'attends au pire. La lettre est signée par Édouard, le voisin de lit de Jean. Jean est disparu. Il n'est jamais revenu après sa permission. On ne sait pas s'il a déserté ou s'il est mort. Édouard se confesse et m'avoue qu'il a lu ma dernière lettre. Il a même osé y répondre.

Il s'ennuie beaucoup des femmes. Sa solitude est de plus en plus difficile à supporter. Certains deviennent fous tellement ils se sentent seuls. Lui, il tient le coup mais ne sait pas pour combien de temps. La guerre est longue et dure. Il avait une petite amie avant de partir à la guerre. Elle a cessé de lui écrire quand elle a appris qu'il avait été gravement blessé. Il a perdu une oreille. Il a peu à m'offrir, encore moins que Jean car il n'a pas ses belles mains. Il fume beaucoup en plus. Sa lettre est triste à mourir. Il a inséré sa photo dans l'enveloppe. Il aimerait avoir la mienne pour s'endormir la nuit. Il me promet que c'est sa dernière lettre. Si je le désire, je peux lui répondre. Ça le rapprochera des humains.

J'entends quelqu'un rentrer. Je pense que c'est ma mère qui fait très attention pour ne pas me réveiller. Ça sent la cigarette du gourou.

Moi qui espérais qu'il s'étouffe avec les arêtes de poisson !

J'ai trop maltraité mon correspondant. Il n'a pas eu le courage de retourner au combat. Il a préféré en finir avec sa vie. Mon beau soldat, je commençais à peine à te voir. Qu'est-ce que je vais devenir sans toi ?

Au matin, je suis complètement enroulée dans mes couvertures. L'odeur de mort et de froid de cette lettre de guerre est entrée jusque dans mon lit.

Moi, c'est différent

TOUS LES JOURS ou presque, je dîne avec Michaël. On est devenu le nouveau couple de secondaire I qui fait parler de lui. J'aime bien quand il me prend par la main et que toutes les filles meurent de jalousie. Je me rends compte maintenant à quel point il leur fait de l'effet. Même Carine, qui a atteint son record avec dix jours de célibat, me regarde parfois avec un drôle d'air. Ça me fait un petit velours de penser qu'elle m'envie.

J'essaie de ne pas trop changer mon apparence depuis que je sors avec Michaël. Quand je m'habille le matin, j'ai l'impression que ma garde-robe a rapetissé. Encore ce soir, je n'arrive pas à choisir un pantalon qui va bien avec mes vieux chandails que je porte depuis trop longtemps à mon goût. Mes cheveux ne veulent plus se peigner. Ma couette rebelle de bébé refait encore surface. Ma sœur a une autre raison de chialer : le miroir est souvent occupé.

Je regrette presque d'avoir accepté l'invitation de Carine pour aller dépenser mon certificat-cadeau. Il y a toujours beaucoup de monde au centre commercial le vendredi soir. J'espère que je ne croiserai pas Michaël sur mon chemin. Avec mes cinq sacs sur les bras, j'aurais l'air de la fille qui cherche à plaire à son chum. Il fait peut-être la même chose.

Après deux heures intensives de magasinage, mes orteils enflent à vue d'œil. J'espère que je ne suis pas en train de me fabriquer un ongle incarné. Je ne pourrai pas étrenner mes nouveaux souliers si je sors avec Michaël en fin de semaine. Pour camoufler mes achats, je pourrais porter seulement un nouveau vêtement par semaine. Comme ça, personne ne remarquerait que ma garde-robe a changé. Carine ne me propose pas d'aller au café, mais je la sens pressée d'y aller. Est-ce que je serais de trop, par hasard ?

Tout de suite en rentrant, j'appelle Michaël. Je n'ai pourtant pas l'habitude de me précipiter sur le téléphone. On ne se lâche pas depuis une heure. Ma sœur me fait voir sa nouvelle montre toutes les quinze minutes. Elle a un beau bracelet en cuir vert. Elle sort brusquement par la porte d'en arrière. Est-ce qu'elle a un rendez-vous à cette heure-là ?

Pas question de parler à Michaël des doubles ampoules que j'ai découvertes en enlevant mes souliers. On discute plutôt des profs qui nous énervent puis de la nourriture à la cafétéria qui risque de nous causer un retard de croissance tellement elle n'est pas mangeable. On pense faire signer une pétition pour alerter les parents de la commission scolaire. Il a hâte de me voir ailleurs qu'à la bibliothèque et dans les corridors de l'école. On n'ose pas trop se regarder durant le cours de français. Il y a plusieurs cœurs sensibles qui n'apprécieraient pas d'être témoins de notre histoire d'amour.

Je n'arrête pas d'éternuer, c'est gênant. L'idée la plus originale que je trouve pour terminer la conversation : je l'invite à garder avec moi demain. La maison est envahie par deux bouquets de fleurs, gracieuseté de monsieur Pastorale. Ma mère a pris un soin fou à les placer dans des vases. Une des cartes est adressée à ma mère, l'autre à ses filles.

Le gourou arrive à l'improviste vers onze heures et me lance un beau « bonsoir ». J'aimerais que ma sœur soit là pour le partager. C'est trop pour moi, recevoir autant de bonté. Il ne fait que passer, comme on dit,

pour offrir à ma mère un nouveau chrono-
mètre. Elle avait perdu le sien en joggant
avec son amie, Mme Lachance. Il pense vraiment à tout !

Je prends de l'avance dans mon bain. J'essaie d'imaginer comment va se dérouler la soirée avec Michaël dans nos nouveaux vêtements. Je me sens de plus en plus excitée.
J'élimine le poupon Poirier du décor. Mais ça
peut être pratique, un bébé, quand on ne sait
plus quoi dire à son nouveau chum.

*Il frappe à la porte vers dix heures. Il entre
avec un bouquet de marguerites d'une main et
des chocolats de l'autre. Ses cheveux ont changé,
ils sont frisés.* On se croirait dans un vieux téléroman en noir et blanc. Il lui manque juste un
nœud papillon pour ressembler à un clown. Je
ne l'aide pas beaucoup, mon nouvel amoureux. Je pense que je vais attendre à demain,
sinon je n'aurai plus envie d'y aller.

Ma sœur n'est pas encore revenue. Il me
semble qu'il est très tard. Il fait plus noir que
d'habitude dans ma chambre. Ma mère n'a
pourtant pas changé le store dernièrement.
J'aimerais un peu de lumière. J'ai les yeux fermés depuis au moins deux heures et je n'arrive
pas à m'endormir. Rien ne bouge dans le fond
de mes yeux. Pas de couleurs, que du noir et
blanc. J'ai hâte que ma sœur rentre pour meubler ma chambre.

♣

Il est très tard et j'ai faim pour deux au dé-jeuner. Ça tombe bien parce que ma sœur n'est pas rentrée hier soir. Ma mère est morte d'in-quiétude. Elle est sur le point d'appeler toutes les amies de ma sœur quand on l'entend re-monter du sous-sol sur le bout des orteils.

Ma mère me regarde avec les sourcils en forme de points d'interrogation. La grande question qui me vient à l'esprit est : ma sœur a-t-elle brisé sa promesse de ne pas avoir de chum avant sa nouvelle dentition ? Cache-t-elle un gars dans le sous-sol ? Veut-elle lui apporter le déjeuner au sofa-lit sans que personne ne s'en rende compte ? D'habitude à cette heure-là, plus personne ne traîne dans la cuisine. Elle a mal choisi son samedi. Ce qui m'impres-sionne le plus, c'est qu'elle ait gardé ses broches toute la nuit. Méchant contrat !

Fausse rumeur comme d'habitude. Elle prétend être rentrée tard à cause d'un rendez-vous raté avec sa gang. Elle a attendu une heure au café mais personne ne s'est pointé le nez. À part le gourou, toujours fidèle à ses rendez-vous. Il paraît que les filles l'avaient in-vité. Il commence à être trop présent à son goût.

Alors, quand elle m'a entendue ronfler, sa dose de patience était épuisée. Elle a décidé de dormir au sous-sol. Il paraît que mes ronfle-ments la rendent folle et qu'elle peut devenir très dangereuse. Je suis certaine que je n'ai jamais ronflé de ma vie. Le nouvel amant de ma sœur a déguerpi quinze minutes avant qu'elle monte l'escalier. C'est ça la bonne version ! Elle est pas mal blême. Elle n'a pas dû dormir beaucoup. Je n'ose pas lui demander si elle a eu du plaisir.

J'ai beau chercher tout l'après-midi dans le sous-sol, je ne trouve pas un caleçon ou une odeur de bas suspecte. Pas même un cheveu roux frisé ou un morceau d'ongle d'orteil. Ma mère fait l'innocente. Elle va sûrement surveiller le nombre de tranches de pain que ma sœur mange le samedi midi. Elle ferait mieux de jeûner si elle ne veut pas perdre de vue son beau rouquin.

Je fais la tournée de ma chambre pour trouver les bobettes, bas, souliers que je vais porter ce soir. Il faut bien que je laisse ma robe de chambre si je veux aller garder. J'espère que Michaël n'oubliera pas d'enlever l'étiquette de son nouveau pantalon.

Ça fait quinze fois que je vois une auto grise passer dans la rue. Je commence à être pas mal tannée d'attendre. La fameuse auto klaxonne en face de chez nous. Mme Poirier n'a vraiment pas l'habitude de rouler dans le coin !

♣

Je n'ose pas demander à M. Poirier si la femme qui a failli ne pas avoir de gardienne est réellement sa femme ou une amie. Elle connaît bien sa progéniture en tout cas. J'ai droit à des recommandations pendant une demi-heure. La prochaine fois, je lui apporterai mon diplôme de gardienne pour écourter les procédures. Ça me tue quand elles en mettent trop pour donner l'impression qu'elles contrôlent tout. Elle n'a peut-être pas envie de sortir.

Tout ce que je souhaite, c'est que le poupon soit bien sage et ne se réveille pas à toutes les heures. Je pourrais lui donner une grosse cuillerée de miel pour l'endormir jusqu'à demain matin.

Bébé sucré n'apprécie pas du tout mes plans. Il n'y a rien à faire pour l'endormir. J'essaie toutes les techniques jusqu'à épuisement de la gardienne. Il fait exprès pour compromettre ma soirée. J'ai autre chose à faire que de m'occuper d'un poupon frustré. Michaël arrive enfin après deux heures intensives de gardiennage.

Le beau Michaël rentre nerveusement avec son plus vieux chandail, trop usé pour faire de la peinture. Il a dû magasiner aussi longtemps que moi. Dans six mois, on va découvrir la chemise qu'il s'est achetée hier.

J'essaie de ne pas trop porter attention au petit trou qui arrive vis-à-vis son mamelon droit. C'est plus fort que moi. L'anatomie m'a toujours intriguée. J'espère qu'il ne remarquera pas les bas dépareillés dans mes souliers neufs. J'ai envie de l'embrasser mais je pense qu'il faudrait que j'attende un peu avant de passer à l'action. La soirée vient de commencer.

Après avoir regardé la télé, Michaël me propose de jouer aux cartes. Je fronce les sourcils. J'ai peur tout d'un coup de jouer aux dames puis aux valets de cœur comme quand j'étais petite. Il me présente les cartes une à une en les interprétant à sa façon. Il est captivant. Il m'emmène pour la première fois dans son univers de magie. Je ne savais pas qu'on pouvait avoir autant d'intérêt pour un jeu de tarot. Mon goût si pressant d'embrasser Michaël s'est évanoui. Je profite de sa présence et de la lecture de mon avenir. Les cartes sont très positives. Il voit le retour d'une personne qui est très loin de moi. J'aurai seulement un enfant. C'est déjà beaucoup !

Le temps passe très vite. Il doit partir bientôt. C'est le moment ou jamais de l'embrasser ou qu'il m'embrasse ou que nous nous embrassions. Les cartes voient-elles plein de baisers d'amoureux ? Michaël ne le dit pas. Moi, je les vois dans son regard. Je m'approche de lui pour toucher le trou vis-à-vis son mamelon. Je l'embrasse sur les joues très lentement, puis sur les lèvres. Il m'embrasse à son tour. Il me dit tout bas : « Je t'aime, Chloë. » Il ramasse son jeu de cartes. Il doit vraiment partir. Merci, progéniture, d'avoir été tranquille ce soir.

Si je comprends bien, c'est la mère de bébé abeille qui vient me reconduire. Elle revient d'une sabbatique de vie de couple, mais je pense qu'elle va demander une prolongation bientôt. Sans lui faire un dessin, je lui indique le chemin. Je crois qu'elle a compris cette fois-ci.

Je me couche dans mon lit préféré avec mes interminables questions. C'est vrai que j'étais bien avec Michaël. Il commence à m'intriguer. Il n'y a même pas trois jours, je le trouvais plutôt ordinaire et pas mal jeune pour moi. Je me demande quand même ce que ça va me donner d'être en couple à part me sentir observée de la tête aux pieds par ma mère, ma sœur, l'école au complet. Je ne peux pas me cacher chaque fois que je vois Michaël.

J'ai été un peu raide l'autre jour à la cafétéria avec Lamoureux. Il a vite compris que je ne le trouvais vraiment pas drôle avec ses félicitations. J'ai dû lui faire mes yeux méchants sans m'en rendre compte. Je ne sais plus quoi penser de lui. Je trouve qu'il en perd comme professeur. Je ne peux pas aller raconter ça à la direction. Le personnel de l'école au complet serait congédié si on se mettait à dire nos quatre vérités sur l'un puis sur l'autre. Ce serait la révolution.

♣

Lamoureux est en retard ce matin. Tout le monde est content. On sera moins intelligent à la fin de l'année. En attendant, je remue ma fin de semaine dans tous les sens.

Je me suis endormie hier soir en pensant à mon prof de français et à l'anarchie. Drôle d'entrée en matière.

Il m'inquiète depuis pas mal longtemps, celui-là. Il doit être complètement ruiné avec ses achats de meubles et le renouvellement de sa garde-robe. Ça doit être pour ça que je ne l'ai pas vu au centre commercial l'autre soir. Quand il est allé magasiner à Montréal, il a peut-être décidé de déménager pour se rapprocher de la rue Sainte-Catherine. Depuis qu'il est célibataire et que son petit Samuel est disparu, ça l'aide à affronter le drame de sa vie.

Lamoureux arrive finalement. Pas moyen de découvrir pourquoi il est en retard de quinze minutes. Ses lunettes sont bien en place, pas de coupures ni de poils au menton qui dépassent. Ses boutons de chemise sont attachés dans le bon ordre. Aucun signe de choc émotif.

Michaël n'est toujours pas arrivé, le cours est presque fini. Il regrette peut-être d'avoir avoué qu'il m'aimait. Le cours était plate. Le prof aurait dû rester chez lui puis moi aussi.

Carine profite de l'absence de Michaël pour manger avec moi. Avec son nouvel associé, elle est très occupée à planifier son agence de rencontres. Je comprends qu'elle écourte pas mal vite nos conversations quand je l'appelle. J'ai hâte d'être invitée à l'ouverture officielle.

Ma sœur est armée de son air bête. Elle passe devant nous, hyper pressée d'aller vider son plateau. Ça m'intrigue. Je lui demande quel brûlot l'a piquée. Son comité de filles vient de lui apprendre que le gourou lui avait donné une mauvaise adresse. C'est lui qui avait pris le message. Elles ont fait la réunion sans elle.

Ça fait drôle de passer devant le casier de Michaël. J'ai l'impression que l'école est vide depuis ce matin. Je pourrais lui laisser une note pour lui dire que je l'aime, moi aussi. Ce serait à mon tour de faire les grandes déclarations. Lui, il peut, mais moi, c'est différent.

Carine m'accroche le manteau pour que nous marchions ensemble jusqu'à la maison. Elle veut savoir à quoi je pensais quand je rôdais autour du casier de Michaël. Je me sens comme une huître. J'ai trop de pudeur pour parler d'amour avec elle. Juste le mot « amour » me fait grincer des dents. Y a-t-il un autre mot qui veut dire à peu près la même chose ?

♣

Le gourou est confortablement installé dans la cuisine avec ma mère. J'ai réservé le salon pour souper. Il trouve que ma mère ne devrait pas me laisser faire. Mme Lachance frappe fort dans la porte d'en arrière, toujours aussi énergique. Elle vient prendre son café moka à l'heure du dessert. Elle demande à ma mère si elle vient jogger. Le gourou lui répond qu'elle est déjà pas mal en forme au lit. Pas besoin d'en faire plus. Il part à rire. Il demande à ma mère si elles font vraiment du jogging quand elles sortent ensemble. Pourquoi ma mère ne dit-elle rien ? Mme Lachance répond au gourou qu'il devrait se faire soigner, puis tourne les talons. Elle va courir toute seule ce soir. Le gourou dit à ma mère qu'elle perd son temps avec une amie aussi impolie. Il commence à parler fort. Je me bouche les oreilles.

J'ai étrenné mon plateau-cadeau d'anniversaire devant la télé. Je n'avais pas très faim, finalement. Le fromage de mon croque-monsieur sèche à vue d'œil. Les tomates ont mouillé le pain baguette en dessous. Mon jus de légumes est chaud comme la tisane de ma grand-mère. Je ne me rappelle même plus ce que j'ai écouté dans la dernière demi-heure. Je ferais bien mieux d'appeler Michaël au lieu de regarder mon souper se désintégrer.

Une grippe le cloue au lit. Il me parle de la recette de pâté de foie de sa mère, de son demi-frère qui ne veut plus aller chez son père les fins de semaine, de sa sœur qui a raté sa coupe de cheveux. Je le trouve pas mal gêné. Plus on se parle, plus ma liste de symptômes s'allonge. J'ai le *dez* tout bouché et le cerveau pas mal *bou*. Michaël a dû me refiler ses microbes quand il m'a embrassée. Je n'ai jamais aimé écouter la télé en me mouchant à toutes les trois minutes. Un bain d'eau chaude va me dégager les *sidus*.

Mon bain est à nouveau entouré de sable blanc. Mon flic à lunettes fumées tente de se cacher derrière deux palmiers en plastique mais sans succès. Il y a toujours un bout de peau qui dépasse à gauche ou à droite. Ses six pieds de bras et de jambes sont difficiles à camoufler. Il plonge dans mon bain. Il s'assoit en face de moi, les jambes enroulées comme un serpent. Je lui présente le savon mais ça ne l'intéresse pas. Il a un gros pénis qui se cache sous la mousse quand je fais des vagues. Ça me gêne. Il fait encore plus de vagues et disparaît complètement sous l'eau. Mon séducteur des Caraïbes est parti explorer les fonds marins. Je me retrouve seule, complètement à sec. Il est parti avec l'eau du bain.

J'ai des frissons dans mon lit. Je pense à Michaël. Il doit être couché depuis longtemps. J'aimerais qu'on soit l'été pour le voir dans son maillot de bain.

En essuyant les assiettes deux par deux, je décide d'annoncer à ma mère que je sors avec Michaël. Comme ça, elle ne m'achalera pas chaque fois qu'il appelle. Elle a l'air aussi fière que le jour de mes premières menstruations. J'ai de la misère à la suivre. Toutes les filles que je connais ont eu droit aux douze recommandations pour ne pas devenir enceinte et ne pas attraper de maladie. Elle doit penser que je suis trop jeune pour s'inquiéter.

Je ne suis quand même pas un danger public parce que j'ai un chum. Parfois, je trouve que les adultes ont beaucoup plus d'imagination que nous. C'est pour ça que Michaël vient me rejoindre incognito chez M. Poirier. Il aurait une trop belle occasion d'imaginer ce qu'on n'est même pas prêts à faire.

Le téléphone sonne. Carine m'invite à sortir en couple vendredi. Elle veut me parler, avec son partenaire d'affaires, de leur projet d'agence de rencontres. Je pense que c'est un beau prétexte pour me présenter son nouveau chum et voir de quoi j'ai l'air avec Michaël. Je me sens comme une gazelle qui fait des pas de claquettes dans le fond de sa cage. On peut laisser faire pour les applaudissements. Le spectacle n'est pas encore commencé.

J'appelle Michaël au plus vite pour l'inviter. Il est très content. Il a remarqué que Carine marche souvent main dans la main avec le même gars. Il est curieux de les rencontrer. Il se moque d'eux en les appelant les futurs mariés. Est-ce qu'on ressemble à ça, Michaël et moi? J'espère que non.

Heureusement, monsieur Pastorale n'a pas encore sorti sa bague de fiançailles. Il aime tellement les traditions. Il sirote sa tisane en attendant que ma mère termine la vaisselle. On dirait qu'il a oublié qu'elle a une réunion au C.L.S.C. Est-ce qu'il va occuper le salon toute la soirée? Il vient nous retrouver. Je lui montre la dernière fourchette à essuyer. Il demande à ma mère de ne pas aller à sa réunion. Il insiste drôlement pendant au moins cinq minutes. Il essaie comme il peut de lui faire des beaux yeux câlins en la pressant contre lui. Ses vœux de chasteté sont loin derrière lui. Il devrait se rendre compte que ma mère est mal à l'aise que je sois là.

Elle téléphone au C.L.S.C. Le gourou est déjà dans sa chambre, la porte fermée. Ma mère le rejoint sans me regarder. On est toutes les deux gênées de la situation.

Je n'ai jamais eu autant de misère à faire mes devoirs. Moi qui ai souvent la tête dans les nuages, je l'ai maintenant dans l'anneau de Saturne. Ce n'est pourtant pas compliqué d'écrire un texte de deux pages sur un événement inusité de notre passé.

Lamoureux est plus en forme depuis qu'il a déménagé à Montréal. Il a peut-être rencontré un autre homme plus jeune que lui, un athlète. Puis il a décidé de s'abonner au gymnase pour s'entraîner trois fois par semaine. Avec une vie aussi mouvementée, il ne doit pas regretter la banlieue.

Je commence à m'ennuyer pas mal avec mes deux pages blanches remplies de graffiti. Je fais des cercles alignés avec des triangles qui suivent une série de points d'interrogation. Puis là, je passe du bleu au rouge par une rangée de soleils qui se couchent à l'ouest. Je dessine trois rangées de spirales qui débutent au

centre par un point. Je fixe le point puis je déroule les spirales assez longtemps pour m'en
donner mal au cœur.

Ça irait tellement plus vite si je répondais
au partenaire de lit de mon soldat disparu par
ma très grande faute. Lui au moins, il appré-
cierait que je lui écrive n'importe quoi, dans
n'importe quelle langue. Il ne verrait pas la
différence tellement il est désespéré.

*Cher Édouard, j'espère que Jean est revenu
bien vivant pour profiter de ta présence. J'ai
senti beaucoup de tendresse dans ta lettre. Ne
désespère pas. Je ne t'abandonnerai pas. Je t'en-
voie ma photo la plus récente. Remarque bien
que je porte ma toute nouvelle robe d'été. Son
tissu très léger, agréable au toucher, est confortable quand il fait chaud. Les jeunes filles en
portent beaucoup cette année. Elle est tellement
facile à enfiler avec sa longue fermeture éclair
dans le dos. C'est très pratique quand je suis
pressée d'aller au lit. Il n'y a presque plus rien à
enlever après. Vas-tu croire que j'invite
quelqu'un à dormir avec moi ? Quelqu'un
comme toi ? Je suis peut-être encore trop jeune ?
Dans un an ou deux, quand tu reviendras, on
pourrait se rencontrer. J'ai vu sur ta photo un
homme séduisant. Je manque une belle occasion.
Je te souhaite bonne nuit. Tu peux m'écrire tout
ce que tu désires. Je pense à toi.*

Je ne suis pas plus avancée qu'avec mes
feuilles de gribouillis. Au moins, je me défoule
en inventant une aventure pas possible que je

vais me dépêcher de découper en petits morceaux avant que quelqu'un mette la main dessus. Je ne suis quand même pas assez folle
pour remettre cette histoire à Lamoureux. Si
je changeais le sexe des personnages, ça passe-
rait peut-être mieux ? Je ne prendrai pas de
chance. Si le directeur tombait sur ma copie, il
pourrait penser que Lamoureux nous utilise
pour alimenter son courrier personnel.

En sortant de ma chambre, je découvre
que ma mère est installée au salon avec une
pile de revues. Une autre soirée « pilule pour
dormir » ? Je n'ose pas lui demander si le gourou est encore là. Il me semble avoir entendu
claquer la porte d'en avant. J'étais tellement
concentrée.

♣

Ce soir, je vais rencontrer officiellement le
nouveau chum de Carine. C'est vrai qu'il est
pas mal beau. Il a deux ans de plus que Michaël, ça paraît. Il a dû prendre les fameuses
hormones d'athlète, les stéroïdes. Ses tee-
shirts sont toujours trop petits tellement les
muscles lui sortent de partout.

Michaël vient me chercher à la maison
avant d'aller rencontrer nos tourtereaux. Il est
pas mal petit mais très gentil et attentionné
avec moi. Ma mère continue de lire son journal
dans la cuisine pour faire son indépendante.
Elle nous dit bonsoir sans mentionner une

heure limite pour rentrer. Elle joue la mère complice idéale. Je n'en demande pas tant.

♣

Heureusement, monsieur muscles a caché ses pectoraux sous une chemise. Si on assistait à une compétition sportive, on sait d'avance qui gagnerait. J'essaie de me dire que c'est le cœur qui compte et non les muscles. Mais ça m'impressionne quand même d'en voir autant sur un même gars. J'ai honte de penser comme toutes les filles de la terre. Je ne fais pas exprès mais les poils qui dépassent vis-à-vis le deuxième bouton détaché de sa chemise me déconcentrent quand il parle.

Carine nous a réellement invités pour nous parler de sa future agence de rencontres. Son projet est tellement gros qu'elle a besoin de bénévoles pour recruter de la clientèle. Elle voudrait qu'on représente le couple modèle pour encourager les célibataires à faire appel à ses services. Carine me dit qu'on ne peut pas refuser de relever ce défi.

C'est drôle, depuis que j'ai dit oui à Michaël, peu de choses ont changé entre nous. C'est sûr qu'on se voit plus souvent. On se fait des yeux complices puis on s'embrasse, des fois en cachette pour ne pas se faire achaler. Ce sont les autres autour de nous qui ont le plus changé. Ma mère oublie de me dire à quelle heure rentrer. Lamoureux est content pour moi. Carine veut m'élever sur un piédestal avec Michaël. Elle pourrait monter elle-même sur le podium avec ses « gros muscles » ! Elle n'a pas besoin de moi. Mes soirées de gardiennage me manquent tout d'un coup. Là au moins, je peux être moi-même.

Carine est bien déçue quand elle comprend par mon silence que je n'embarquerai pas dans son projet. Elle ne pense pas que son avenir soit compromis. Mais avant de trouver un autre couple aussi idéal que le nôtre, elle est convaincue que ça va être long.

Michaël vient me reconduire. Je n'ai pas l'habitude d'autant de politesses. J'aime bien ça quand même, me sentir protégée par un gars. On en profite pour s'embrasser mais pas longtemps. Ça manque d'intimité, l'éclairage d'un lampadaire. Je lui dis que j'ai hâte à demain parce qu'on sera un peu plus seuls dans la foule, avec les « Cols roulés ».

♣

J'entends de drôles de bruits dans la chambre de ma mère. J'essaie de ne pas écouter en me brossant les dents. Le bruit du robinet qui coule n'est pas assez fort pour camoufler les respirations profondes. Il est pas mal tard pour pratiquer leur yoga. Ma sœur est couchée dans ma chambre. Elle n'en finit plus de tourner à gauche et à droite. Elle n'apprécie peut-être pas d'entendre les expériences de ma mère.

C'est drôle mais, quand je me couche, je ne vois jamais Michaël sous un palmier fleuri ou mêlé à une foule en délire qui annonce la fin de la guerre. *Je vois des gros pectoraux mais ce n'est pas Michaël. C'est un bel inconnu, beau comme un pompier en service. Il veut à tout prix me sauver des flammes. Où est le feu ? Je sens une chaleur intense derrière nous. Il est prêt à risquer sa vie pour me sauver. Il me prend immédiatement dans ses bras pour descendre l'escalier. Il me dépose sur le trottoir. Je ne sens plus mes pieds. Ont-ils été brûlés ou gelés ? Je tombe par terre. Il se jette à mes pieds. Je lui demande de m'emmener chez lui, loin de la foule qui nous observe. Il ne peut pas, car d'autres feux l'attendent. Il disparaît.*

Je suis seule dans mon lit, pas très fière d'inviter le premier venu à me sauver d'une catastrophe qui n'existe pas.

Un casse-tête géant

Qu'est-ce que je fais en attendant d'aller voir mon groupe préféré avec mon nouvel amoureux ? Je pars dans la lune en écoutant de la musique dans le sous-sol. Au milieu de l'après-midi, une odeur me réveille. Ma mère a commencé à peindre la cuisine avec ma sœur. Je me porte volontaire mais elles trouvent que je ferais mieux de me préparer. Ça ne prend pas trois heures pour s'habiller ! On m'accorde des privilèges. Ça m'énerve !

J'ai donné rendez-vous à Michaël au coin d'une rue. Il voulait d'abord que je le rejoigne chez lui. L'idée de rencontrer papa, maman, sa sœur et ses deux demi-frères me donnait envie de me perdre dans la brume. Ma pression monte en flèche depuis quelques jours.

♣

On se retrouve à l'heure exacte. C'est parfait encore une fois. On n'a même pas le temps de s'impatienter ou de se geler le gros orteil. On n'ose pas s'embrasser.

Je pense qu'on est gênés de sortir ensemble. Arrivés en ville, on se perd un peu à chercher l'adresse de la salle de spectacle. La ville est impressionnante avec ses immenses édifices tout éclairés.

Le groupe est en retard de vingt minutes. J'en profite pour observer Michaël. Il est pas mal à mon goût. Il est calme. Moi, je me sens très énervée. Le spectacle commence enfin. Je ne suis pas à la télé ni dans un rêve. Ils sont devant moi à dépenser toute l'énergie qu'ils ont dans le corps. La musique est très forte, j'aime ça. L'éclairage concentre toute mon attention sur la scène. J'aurais cent ou cinq cents voisins qui écoutent le spectacle, je ne verrais pas la différence. Je suis absorbée par le groupe, surtout par le chanteur principal qui s'est fait pousser les cheveux depuis son dernier vidéoclip.

Comment oublier ma rencontre de corridor de l'autre soir, au fond de mon lit ? J'ai une grosse envie de pipi à la fin du spectacle. Et si je croisais pour vrai le chanteur dans le corridor des toilettes ? Ou un autre gars qui lui ressemble ? Ou Michaël qui me cherche depuis une demi-heure ? Il serait temps que je me réveille et que je m'occupe de Michaël. Je sens qu'il me trouve pas mal dans la brume.

On doit rentrer tout de suite. Michaël a des consignes très sévères. Ça fait peut-être son affaire. Son père vient nous chercher au terminus d'autobus à l'heure pile. On dirait qu'il connaît par cœur notre programme de la soirée. Je dis à Michaël que je l'appellerai demain. On se dit bonsoir rapidement avec un observateur dans le dos.

Il est bien trop tard pour appeler Michaël. J'aimerais lui dire que je veux l'inviter si je garde samedi prochain. Que j'aime bien ses jeux de cartes magiques. S'il le faut, j'appellerai M. Poirier pour lui suggérer un nouveau film.

J'ai l'impression de vivre dans un casse-tête géant, de rêver à longueur d'année. Ce n'est pas toujours drôle de se réveiller. D'habitude, j'aime ça, rêver dans le creux de mes draps. Maintenant, c'est rendu que je rêve partout, même quand je ne suis pas toute seule ! Ça commence à être dérangeant pour les autres. Les autres, ce soir, c'était Michaël.

J'ai entendu ma sœur partir tôt ce matin. Ses réunions de filles se multiplient à vue d'œil. Elles doivent avoir des ordres du jour très chargés pour être si occupées. Est-ce que je m'ennuie d'elle ?

On m'observe à table comme si je souffrais d'une maladie rare. Personne ne veut savoir si j'ai aimé le spectacle ? De toute façon, j'ai un trou de mémoire. Pour remplir le silence, je demande au gourou ce qu'il a dans le cou. Ça m'intrigue depuis tellement longtemps : un bel homme à moustache toujours habillé impec avec une grosse cicatrice en forme de demi-lune. Ma mère me regarde avec ses yeux graves. Je comprends vite qu'il y a des questions qui ne se posent pas. Monsieur Pastorale me répond calmement qu'il était trop jeune pour s'en rappeler. Il change vite de sujet en me demandant si j'ai l'intention de m'impliquer dans le comité de ma sœur. Non merci, que je lui dis.

Il m'ordonne, les dents serrées, de ne pas saper en mangeant mes céréales. Les nerfs, bonhomme ! que j'ai envie de lui répondre. Ma mère est de son avis. Je n'ai quand même pas fait exprès ! Monsieur « pogne-les-nerfs » fait des blagues sur l'éducation des enfants de nos jours. Il se retient pour ne pas dire ce qu'il pense vraiment.

Le téléphone sonne. C'est Michaël. Ça tombe bien parce que moi, je n'osais pas l'appeler. Il voudrait me voir cet après-midi. J'ai peur de le perdre. J'accepte d'aller chez lui. Je vais marcher dans le parc en attendant.

♣

Moi qui pensais rencontrer la famille au complet. Tout le monde s'est donné le mot pour aller voir ailleurs. Il n'y a que Michaël et son père qui écoute une partie de hockey, le volume au maximum. Michaël m'invite à visiter sa chambre. Je me sens gênée de partager son intimité. Lui a l'air plutôt à l'aise.

Ce n'est quand même pas très grand, une chambre d'adolescent, pour inviter son amoureuse un dimanche après-midi. On dirait que Michaël a une idée derrière la tête. J'ai chaud. Je lui demande d'ouvrir une fenêtre.

J'ai eu peur pour rien. Il veut me montrer sa rédaction. Il a pas mal plus de talent que moi en écriture. Ça le passionne d'en parler. On va se promener dans le parc près de chez lui. Il fait tellement froid qu'on est obligés de se coller pour se réchauffer. J'ai l'impression que personne ne nous remarque, aujourd'hui.

On revient devant sa maison après une longue marche. Il commence à faire noir. Son père nous regarde par la fenêtre. Il est vraiment temps que je rentre. Le mot de la fin me trotte dans la tête depuis une demi-heure. Je ne suis pas capable de sortir les trois mots : « Je t'aime, Michaël. » Ils sont enfermés dans ma tête.

Je végète toute la soirée avec mon air marabout, pas fière de moi. Ma mère prétend que les gars ont de la difficulté à exprimer leurs émotions. Les filles aussi.

Je me laisse flotter dans un bain couvert de mousse blanche, super épaisse. Je ferme les yeux et répète toujours la même phrase :

« Je t'aime, Michaël. Je t'aime, Michaël. »

J'essaie une dernière fois :

– Je t'aime.

J'ai oublié que j'étais sortie du bain et que j'étais rendue dans ma chambre. Ma sœur me souhaite bonne nuit, tout émue. La lampe éteinte, il s'écoule quelques minutes en silence. Je lui dis qu'elle n'est pas souvent à la maison, en espérant qu'elle ne pensera pas que je m'ennuie d'elle. Elle me répond que son comité développe de nouveaux projets. Elle vient pour m'expliquer mais s'arrête d'un coup sec. Je lui demande si le gourou s'en mêle. Elle éteint la lampe. Elle pourrait me répondre !

Je sens une grosse fatigue dans mon corps. C'est plus fort que moi. Je pense à la dernière lettre que j'ai envoyée à Édouard. Je me demande ce qu'il pourrait me répondre. Est-il content, surpris, choqué ?

Je regarde ma pile de courrier pour découvrir une enveloppe abîmée par le long voyage. Il m'a répondu. Il a bien reçu ma lettre. Il l'a tellement aimée qu'il en a partagé la lecture avec ses voisins. Ils sont quarante à coucher dans le même campement ! J'imagine le décor mais surtout la réaction d'un gang d'hommes qui salivent à entendre parler de jupon et de bas de nylon. Quoi répondre maintenant à une telle lettre ? Rien.

♣

La première chose que je vois en rentrant à l'école, c'est la super grosse affiche publicitaire de Carine : « Êtes-vous prêts pour la grande aventure ? » Bravo ! Mon refus de représenter le couple parfait ne l'a pas découragée de lancer son projet. Les profs ont-ils le droit de participer ? Je ne suis pas certaine que je vais assister au lancement officiel en compagnie de mon amoureux. Je songe de plus en plus à le cacher aux curieux.

La deuxième chose que je remarque, c'est la bonne humeur de Lamoureux. Décidément, la grande forme est revenue pour de bon. Je n'arrive pas à trouver un indice pour expliquer son enthousiasme à recevoir nos trente copies de rédaction. Tout ce que je vois, c'est une longue soirée de correction en solitaire. Moi qui pensais qu'il s'occupait à des choses plus excitantes. Mon sixième sens fait défaut.

La troisième chose que je remarque, c'est le regard amoureux de Michaël quand on se rencontre à la cafétéria. Il me bouleverse chaque fois qu'il me regarde avec autant d'intensité. Je ne comprends pas toujours pourquoi il a choisi une fille comme moi. J'aurais peut-être besoin de consulter Carine pour savoir si je suis un cas rare.

J'ai l'impression que ma tête se remplit de nouvelles questions chaque semaine alors que je n'ai pas répondu aux vieilles. Ce n'est pas reposant pour une nouvelle amoureuse amatrice de téléromans. La grille-horaire de ma vie est en train de changer malgré moi.

En fin de journée, je vais voir un film à l'auditorium avec Carine. Une histoire de viol collectif qui se déroule durant la guerre du Vietnam. Facile de deviner que cette activité a été organisée par le comité de ma sœur. Elles se battaient depuis deux mois pour présenter leur film à saveur éducative. Ça valait la peine. La victime a gagné son procès dans l'histoire !

Carine sort de la salle, la larme à l'œil. Je pense, en riant jaune, à un mélange de déserteur bronzé à lunettes qui joue de la guitare hawaïenne quand je croise Michaël. Il m'accompagne à la maison sans me dire grand-chose. J'ai vraiment un faible pour nos soirées de gardiennage. Michaël m'invite à garder chez une de ses clientes samedi prochain. La semaine sera longue.

Le souper est déjà prêt. Je n'ai pas assez faim pour apprécier la nouvelle recette de ma mère. Suit-elle des cours de nutri-yoga avec son chum ? C'est pourtant bon, mais ma sœur mange du bout des lèvres. A-t-elle peur d'être empoisonnée à distance par le gourou ? Où est-il ce soir ?

Il y a une drôle d'ambiance dans la maison. Ma mère descend au sous-sol faire une brassée de lavage. Ma sœur s'enferme dans « sa » chambre. Ça veut dire pas de télé pour elle et plus de place pour moi dans le fauteuil du salon. Ça adonne mal parce que je n'ai pas envie d'écouter la télé. Je fais semblant de zapper.

Un bruit de verre cassé me fait sursauter. Je m'étais endormie au salon. La télécommande a dégringolé sur le plancher. La vaisselle dans l'évier de la cuisine a vécu un tremblement de terre. Ça déborde partout sur le comptoir. Ma sœur a dû oublier que c'était sa semaine « C ». « C » pour cuisine. Je préfère la semaine « S », pour salle de bains. Ça sent meilleur. Surtout quand les bouteilles de shampoing et revitalisant sont toutes ouvertes. On ne peut pas dire la même chose de l'odeur de moutarde forte mélangée au chaudron brûlé qui trempe depuis deux jours.

La drôle d'ambiance est aussi dans ma chambre. Ma sœur est déjà couchée. Je suis certaine qu'elle ne dort pas. Je l'entends renifler toutes les trois minutes. Elle finit par se moucher avec le dernier kleenex. C'est gênant qu'elle ait laissé la lampe allumée. Je n'ose pas lui parler.

J'essaie de dormir mais c'est difficile. J'ai envie d'écrire à Jean, mon déserteur mort ou vivant. Il n'a peut-être jamais déserté. J'ai l'impression de m'être fait avoir. Je ne le prends pas. Je veux savoir ce qu'il devient. Veut-il toujours correspondre avec moi ?

Mon cher correspondant de guerre, je n'ai toujours pas de tes nouvelles. Je te prie de me répondre car je ne peux me priver de ta présence. Je ne t'ai pas vraiment laissé tomber. Pourquoi ne me réponds-tu pas ? J'avoue qu'il y a eu un léger malentendu avec ton voisin de lit, cet Édouard. Il s'est approprié ton courrier et a fait de moi la risée du régiment. Je ne lui pardonnerai jamais. Réponds-moi au plus vite avant que nos destins se séparent à tout jamais. Parle-moi de toi, de tes états d'âme. Je te répondrai du fond de mon cœur. Ta fidèle correspondante.

P.-S. À ceux qui liraient cette lettre et qui ne s'appellent pas Jean, vous êtes tous des irresponsables sans scrupules !

J'entends vaguement du bruit dans la cuisine. Je suis trop endormie pour comprendre ce qui se passe. Ma mère, ma sœur, le gourou ? Il fait trop noir, trop chaud sous mes couvertures pour lever le gros orteil.

♣

La clarté du matin à travers le store de ma chambre me réveille brusquement. *Jean a répondu à ma lettre, courrier express. Il est bien vivant. Il est rentré dans les rangs après une fugue de quelques jours. C'est aussi simple que ça. Pas de mort, pas de drame, pas d'éclopé. Quand il a su qu'Édouard, son rival, avait fouillé dans son courrier, ils se sont battus jusqu'au sang. Il prétend qu'une jeune fille n'aurait pas supporté autant de violence. Il voulait sauver son honneur. La lettre s'arrête là.* Je crois que je viens de perdre mon correspondant romantique recyclé en Rambo.

J'entends un bruit de vaisselle dans la cuisine. Le gourou n'a pas beaucoup de jasette ce matin. Une envie de pipi m'oblige à me lever. J'ai droit au « bon matin » habituel. Ma sœur n'est pas dans son assiette. Après son deuxième café, j'ai l'impression que le cœur va lui sortir de la poitrine. Elle est assise devant le gourou mais ne lui parle pas. Ils se sont peut-être disputés à propos du comité de femmes? Ma mère ne remarque rien de spécial ou ne veut rien voir. Lui est très calme. Son regard figé me donne un frisson dans le dos. Ma polyvalente m'attend, surtout pour ses activités parascolaires.

Cette semaine, Carine a planifié l'ouverture officielle de son agence de rencontres. La direction a accepté que l'événement ait lieu à l'école. Carine peut même afficher sa publicité partout sur les murs. On se croirait en période d'élections.

J'ai décidé de lui donner un coup de main parce qu'elle est pas mal seule. Les gangs, c'est fait pour s'amuser, pas pour travailler. En plus, son beau chum musclé est disparu du décor une semaine avant le grand événement. Pas de signes de déception à l'horizon. Elle commence à être habituée. Il a peut-être eu peur de recevoir une demande en mariage. À moins qu'il soit à l'hôpital parce que ses traitements hormonaux ont fait défaut. Carine a une motivation supplémentaire pour ouvrir son agence au plus vite. Elle est la première cliente sur la liste.

Michaël vient nous rejoindre pour nous aider à décorer la salle. Je pense qu'il aime beaucoup le projet. Moi, c'est lui que j'aime, je l'avoue. C'est comme si, tout d'un coup, j'avais envie qu'il le sache.

Une fois la dernière affiche installée, on se dépêche de retourner à la maison. Le froid nous rentre dans les os. On ressemble à trois glaçons qui rêvent de fondre au soleil. La chaleur de la main de Michaël ralentit mon pas. Carine nous dépasse assez vite. Elle est plus pressée que nous.

J'essaie de convaincre ma sœur de se détendre devant la télé. Son stress monte en flèche depuis l'arrivée du gourou. Dans la cuisine, il discute avec ma mère de ses expériences de tantrisme. Ma mère boit ses paroles. Une vraie séance d'hypnose.

Le moment est peut-être mal choisi, mais on écoute quand même le treizième et dernier épisode de la série du beau gars violent qui se drogue et qui ne veut pas que sa blonde poursuive sa grossesse. On va se coucher directement, sans bain, sans séance de cure-oreilles, sans brossage de dents. Ce n'est jamais drôle d'assister à un meurtre et à un suicide dans la même soirée. Une autre série qui finit mal.

Ma sœur se retourne encore dans son lit. Elle a vraiment un problème ! Elle pourrait pousser un cri pour se défouler, lâcher sa boîte de kleenex au moins.

De mon côté, je rumine mes vieux rêves. Il n'est pas question de penser à Mike. Il s'est suicidé dans la série. Je n'ai pas le goût de le ressusciter. Mes deux soldats du quatorzième peloton pansent leurs blessures après s'être entre-tués à cause de moi. Mon plongeur d'eau salée a accroché ses lunettes dans les tuyaux d'égout. Il ne voit plus clair.

Mon chanteur des « Col roulés » m'intrigue encore plus depuis que je l'ai vu en spectacle. J'aimerais qu'il sorte de ma tête, mais il revient toujours comme un mauvais génie.

Il boit une bière tout seul dans un bar sombre. Son cendrier est rempli de cigarettes à moitié fumées. Il s'accroche le coude dans sa collection de bières vides. Ça fait un bruit d'enfer. Il a l'air ivre. Je le regarde de loin et le trouve beau. Il me met à l'envers. Je me sens pas mal niaiseuse de triper sur un gars comme lui. J'ai envie d'aller m'asseoir à sa table, mais j'ai peur qu'il me « vire de bord ». Je garde mes distances. Finalement, c'est lui qui se lève pour s'approcher de ma table. Le serveur lui a fait signe que je l'observais. Il me regarde avec son air de haut. Il a de la misère à se tenir debout. Il est moins beau à voir de près. Il sent l'alcool à plein nez. J'ai envie de m'en aller. Il me prend la main pour l'embrasser, pour me baver. Je me lève pour sortir de là au plus vite. Il me dit que je suis pas mal jeune pour sortir dans les bars et « crouser » les gars de son âge. Je devrais me contenter d'écouter Les Schtroumpfs. Je sors du bar presque en courant, humiliée. Il m'écœure.

Je ne m'endors plus. Est-ce que Michaël pense à d'autres filles pour s'endormir? Ça me ferait quoi d'apprendre ça?

Pas le moment
d'être romantique

ON RESSEMBLE à un drôle de trio au déjeuner. Ma mère a l'air de planer. Je ne sais pas si c'est à cause de sa soirée avec son chum ou de ses cours de yoga. Ma sœur est sur le bord de la crise de nerfs. Moi, je n'ai pas dormi de la nuit. Je n'ai pas du tout envie d'aller à l'école et de participer à l'activité de Carine : « Êtes-vous prêt pour la grande aventure ? » Je ne peux pas lâcher ma meilleure amie en pleine gloire.

♣

À l'école, je n'ai envie de voir ni de parler à personne. Même pas Michaël. Je disparaîtrais pour quelques jours. Il faut que j'essaie de garder mon calme. Le chanteur de mon ex-groupe préféré ne va quand même pas venir me baver en pleine polyvalente !

La seule chose qui réussit à me sortir de mon boudin, c'est une rumeur qui court partout dans l'école. L'animateur de pastorale a agressé une fille de secondaire III. Le chum de ma mère ! C'est ça qui stressait tant ma sœur ? Un soir, la fille s'est retrouvée toute seule avec lui dans son local. Il lui a frôlé les seins à travers sa blouse. Elle l'a repoussé. Il l'a traitée de putain en lui montrant des images de la Vierge. Elle s'est enfuie. La fille en a parlé au directeur. Il trouvait que ce n'était pas assez grave pour porter plainte à la D.P.J. Il s'est contenté d'aviser l'animateur d'avoir des comportements plus appropriés. Il a tout nié. La fille est révoltée. Il n'y a pas moyen de savoir son nom. Tout le monde en parle comme si c'était secret. Ils l'appellent « la fille aux broches ».

Ce qu'ils ont oublié de calculer, la gang de niaiseux, c'est que la seule fille en secondaire III qui a des broches, c'est ma sœur. Ils auraient pu s'y prendre autrement pour me l'annoncer ! Ma mère va en baver un coup si la rumeur se rend jusqu'à elle.

J'ai beau chercher ma sœur partout dans l'école, elle est introuvable. Michaël me rejoint à mon casier, le sourire aux lèvres, pour aller à l'inauguration de l'agence de Carine. Il a l'air plus nerveux qu'elle. Est-il au courant pour ma sœur ?

Il y a beaucoup plus de monde que j'imaginais dans le local de Carine. Une cinquantaine d'étudiants, trois profs, un de sciences morales, un d'histoire, Lamoureux et les membres de la direction. Il y a des affiches partout sur les murs avec des photos de couples, un vidéo pour nous présenter le projet. C'est assez invitant. Carine est tout excitée.

Michaël est assis à côté de moi. Il me regarde avec ses yeux amoureux. Je n'ai pas la tête à ça avec l'image de mon chanteur alcoolo qui revient toujours et l'expérience dégoûtante de ma sœur. La colère me monte jusqu'aux oreilles. Ce n'est vraiment pas le moment d'être romantique. Michaël a compris et se tient tranquille.

Carine nous raconte brièvement son projet. Nouvellement célibataire, elle se donne en exemple pour expliquer comment son agence de rencontres pourrait faciliter la recherche de son futur amoureux. Cibler un partenaire selon des critères de sélection précis sauverait beaucoup de temps. Carine est tellement convaincante que tout le monde boit ses paroles. Je n'en reviens pas, une vraie vendeuse. Même le directeur de l'école a les yeux ronds comme des billes.

Carine, de plus en plus excitée, nous annonce qu'elle veut nous présenter à tout prix le premier couple qu'elle a réuni en expérimentant son système de recrutement. Je n'étais pas au courant qu'elle avait déjà commencé ! Elle annonce fièrement que les heureux élus sont… Chloë Robichaud et Michaël Côté.

Michaël me regarde et comprend vite que je ne la trouve pas drôle du tout. Tout le monde se retourne dans notre direction en applaudissant. J'ai de la fumée rouge qui me sort des oreilles. Je me mets à crier après Carine Beaulieu pour lui dire qu'elle est une belle menteuse, que je l'ai trouvé moi-même mon chum, que c'est elle qui aurait besoin d'aide, que les gars la laissent toujours tomber, qu'elle devrait s'occuper de sa petite personne avant de vouloir faire le bonheur du monde entier ! Carine est blanche comme la mousse de mon bain. Elle a hâte que je me calme.

Il n'en est pas question ! Je n'ai pas terminé de régler mes comptes. Michaël essaie de me dire qu'il n'était pas au courant. Je lui coupe la parole pour lui dire que c'est fini entre nous. Plus de nouveau couple adoré. Qu'il ne compte plus sur moi pour jouer au deux de pique. Qu'il est bien trop petit pour moi. S'il s'entend si bien avec Carine, c'est avec elle qu'il devrait sortir depuis longtemps. Je me doutais bien qu'il y avait quelque chose de pas clair entre ces deux-là.

Au moment où le directeur essaie d'intervenir pour couper court à mon discours, ma sœur entre dans le local. Elle est en tête du comité de femmes transformé en comité antiviolence. C'est ça qu'elles complotaient ! Elles portent chacune une photo géante de son agresseur. Je n'entends presque rien, que des mots comme castration, perversion, condamnation. Pauvre Carine, elle a mal choisi sa journée. C'est la panique générale. Le directeur a perdu le contrôle. Il sort au plus vite pour prévenir les gardiens de sécurité. Ils nous sortent de là comme si on était des prisonniers. Carine quitte le local sans me regarder. Michaël est disparu depuis longtemps déjà, je crois.

♣

Je rentre à la maison avec ma sœur. C'est bien la première fois de l'année. On ne peut pas garder le secret plus longtemps. On doit avertir ma mère au plus vite qu'elle sort avec un danger ambulant. Je lui demande pourquoi elle n'a rien dit à ma mère. Elle m'explique qu'il l'avait menacée si elle en parlait à quelqu'un. Ses amies l'ont encouragée à réagir malgré tout. Je pense à ce que j'ai dit à Carine et à Michaël. Je n'ai plus de meilleure amie ni d'amoureux. Ça ne me manque absolument pas !

Ma mère est malheureusement de bonne humeur. Elle a préparé un souper végétarien comme j'aime. Le menu annonce-t-il la visite du gourou ? Ma sœur ne se contrôlera plus. Elle et moi, on se regarde à table toutes les dix secondes en se demandant qui va commencer à en parler. On aurait dû se faire un ordre du jour. Ma mère remarque que quelque chose ne tourne pas rond. Le téléphone sonne. Ma mère répond. Elle écoute sans rien dire, puis raccroche au bout de trois minutes. Elle se dirige ensuite vers le salon en marchant comme si elle avait bu une bouteille de gin. Elle pousse un cri de mort. La voisine d'en face l'a sûrement entendu. La porte d'en avant claque. Elle doit être partie rejoindre la personne qui était au bout du fil. C'est probablement Mme Lachance. Je me sens lâche de ne pas lui avoir appris la nouvelle moi-même.

Je ne peux pas faire comme si de rien n'était. La télé va passer la soirée sans moi. Le téléphone va s'ennuyer longtemps de sa sonnerie. Je n'ai plus personne à qui téléphoner. L'idée de prendre un bain rempli de mousse trois couleurs ne me tente pas. J'ai l'impression de dégeler tranquillement. Je ne me suis jamais sentie aussi seule de toute ma vie.

Je regarde ma pile de devoirs avec un point d'interrogation et deux points d'exclamation. À quoi ça sert de jouer à l'étudiante modèle pendant que ma mère vit sa troisième peine d'amour depuis deux ans, que le gars empire chaque fois, que ma sœur est pleine de rage dans le corps ? Que j'essaie de lire ou d'écrire, il n'y a rien de bon qui aboutit depuis des heures.

Ma chambre sent les draps séchés avec mon assouplissant préféré, une odeur de lavande. Les devoirs disparaissent du décor. Mon lit s'ennuie de ma tête et de mon corps. Il m'invite à me glisser dans ses bras. J'essaie de m'endormir au plus vite pour effacer la journée. En fermant les yeux, je me revois annoncer à Michaël que c'est fini entre nous. J'aimerais retourner en arrière pour tout recommencer. Mes idées s'embrouillent. Michaël devient flou. Je ne l'ai jamais vu clairement dans la noirceur de mon lit.

Jean, mon ex-déserteur, donne une petite tape sur l'épaule de Michaël qui disparaît en une fraction de seconde. C'est tellement facile. Mon soldat au voisin profiteur me regarde silencieusement. Il est debout devant moi sans bouger. Il a l'air de se demander ce que je fais là à l'observer, comme s'il perdait son temps avec moi. Chaque minute est précieuse quand une bombe peut éclater à tout instant. Je sens que je n'ai rien pour le retenir. Il disparaît.

J'entends ma mère rentrer. Elle parle avec ma sœur dans la cuisine mais je ne comprends pas bien. J'entends pleurer. Tout est flou : mes rêves, la réalité.

C'est pénible de retourner à l'école après avoir fait un spectacle devant tout le monde. Heureusement, j'ai un horaire à suivre. Il m'oriente sinon je traverserais les corridors sans jamais m'arrêter. Ce qui m'énerve le plus, c'est l'idée de croiser Michaël, Carine, le directeur, les étudiants présents à l'inauguration. Toute l'école va me regarder avec un drôle d'air. Ça m'angoisse au troisième degré.

J'aurais dû me déguiser, changer la couleur de mes cheveux, m'habiller en gars.

Je croise Carine à la cafétéria. Elle ne me regarde même pas. On ne se parlera certainement pas aujourd'hui ni cette semaine. Michaël est là. Il mange seul son sandwich aux œufs. Il vient me rejoindre pour me dire bonjour. Je le trouve pas mal osé après tout ce que je lui ai dit. Il est courageux. Il m'invite à aller garder samedi comme prévu. On dirait qu'il a oublié ma crise d'hier. J'aimerais moi aussi l'oublier mais le souvenir est trop fort. Je lui réponds vaguement que je vais y penser, que je l'appellerai à la fin de la semaine. Il me regarde avec beaucoup de confiance dans les yeux. Il a l'air sûr de son affaire. Moi, je ne sais pas encore où je vais garder samedi.

Toute la journée, j'assiste à mes cours comme un robot tout rouillé. J'avance mais j'ai plus envie de reculer. Je ménage mes réactions pour ne pas brûler mes batteries. Le sourire est une option non disponible dans la programmation. À voir mon air bête, personne n'ose me parler de l'émeute d'hier. La porte du local de Carine est fermée à clé. Par la fenêtre, je peux voir que la pièce est complètement vide. Plus d'affiches de couples, plus de vidéo, plus de cartes de membre. Tout a disparu. Où sont les files de futurs couples dont Carine rêvait?

♣

Ma sœur m'accueille dès que je mets un pied dans la maison. On dirait qu'elle m'a attendue là toute la journée. Ma mère arrive et s'assoit avec nous. La colère a remplacé la vague de larmes. On le voit dans ses yeux. Elle se sent tellement mal de ne pas avoir perçu le malaise de ma sœur quand le gourou était là. Il avait le tour de détourner l'attention sur lui, il l'aveuglait. Elle s'en veut au quatrième degré. Je l'écoute attentivement. Ma sœur est soulagée d'avoir brisé le secret.

Elles ont comploté quelque chose et veulent me mettre au courant. Ma mère est prête à tout pour que le gourou s'en rappelle longtemps. Avec Mme Lachance, ma sœur et son commando, elle veut organiser une tournée de sa famille et de ses amis pour faire courir la nouvelle. Le gourou avait l'air tellement *cool* à l'école. Faut changer son allure un peu. Elles ont besoin de moi et d'une bonne dose de courage pour oser s'attaquer à sa réputation.

Prête pas prête, j'embarque ! Vive la solidarité féminine ! Je commence déjà à penser en slogans. Ce n'est pas tellement mon genre de participer à de telles activités, mais avec l'expérience que j'ai vécue à l'école, pourquoi ne pas continuer à me défouler ? On casse la baraque ! Le trio familial va s'enrôler dans le commando ! Ça ne sera pas beau.

Une fois calmée, je pense à Carine. Je me demande ce qu'elle fait. Pourquoi a-t-elle tout laissé tomber ? Pour se venger, se plaindre de ne pas avoir de chum ? J'ai envie de lui téléphoner. Je suis mieux de tourner le fil du téléphone douze fois pour m'empêcher de faire une gaffe monumentale. Quand Carine est choquée, je préfère me tenir loin.

Il n'est pas question non plus d'appeler Michaël même si ça me démange. J'ai dit que je lui donnerais des nouvelles à la fin de la semaine. Il doit se sentir abandonné, mon Michaël aux belles mains douces. Est-ce que je vais le laisser tomber pour vrai ? Est-ce que je peux revenir sur ma décision ?

Mon réflexe de « sonnerie de téléphone égale Michaël » me fait sauter dans le fauteuil du salon. C'est Lamoureux au bout du fil. Il a beaucoup aimé mon texte sur les familles recomposées. En fait, il veut parler à ma mère. Qu'est-ce qu'il peut bien lui vouloir ?

Je zappe en écoutant dix minutes d'un téléroman par-ci, trois minutes d'un vidéoclip par-là, une minute et demie d'annonce par-ci. Ma mère vient me rejoindre pour les nouvelles. Il est déjà dix heures ! Comment ça se fait que je ne suis pas encore couchée ?

Ma mère a une boule dans la gorge. Elle boit une gorgée de Seven-up. Des parents se sont déjà confiés à Lamoureux. Le gourou a fait des attouchements sexuels à une adolescente dans un camp de vacances, l'été dernier. Les parents n'ont pas osé porter plainte. Ma mère trouve qu'il est temps de réagir, même si elle se sent complètement paralysée pour l'instant.

L'obscurité de ma chambre me fait reculer. Ma sœur s'est couchée avant moi, encore une fois. J'essaie de m'endormir mais il fait trop noir. J'ai trop zappé. Je ne vois personne dans mes yeux. Ils sont tous disparus. Je me sens comme un aveugle qui cherche son chemin.

Une solution
pour mieux respirer

J E ME RÉVEILLE avec une idée. Il faut que j'arrête de m'occuper de ma petite personne. Ma mère et ma sœur ont pas mal plus de problèmes que moi. Ma crise devant la direction, mon ex-amitié avec Carine, mon ex-amour avec Michaël, mes rêves qui ont pris le bord. C'est de la poutine à côté de ce qu'elles vivent. Carine pourrait transformer son agence de rencontres en super commando anti-violence. Michaël serait peut-être intéressé à participer. Vite ! il faut que je retrouve mon monde !

♣

J'assiste à mes cours parce qu'il faut bien que j'y aille. Je fais mon possible mais ni les maths ni la géo ni même le français ne réussissent à me faire oublier ce qui est arrivé à ma sœur. Je réagis à retardement.

Je ne pense pas que ce soit une bonne idée d'impliquer Carine dans le commando. Elle a l'air tellement déprimée, toute seule devant son vol-au-vent au poulet. Je n'ose même pas aller lui parler. Je ne vois aucune trace de maquillage sur son visage. Ça me fige de la voir toute changée.

Michaël aussi a l'air figé devant son sandwich jambon-fromage-laitue-mayonnaise. Je n'ai pas de jumelles pour confirmer s'il y a vraiment de la mayo dedans, mais j'en goûterais bien une bouchée. En fait, j'irais voir de plus près s'il a mis de la laitue iceberg ou de la frisée. Il me regarde avec un super sourire. Il a remarqué que je l'examinais.

Je sens mon cœur battre dans mon nouveau chandail de laine préféré. Plus j'avance vers Michaël, plus j'ai l'impression que les lumières s'éteignent derrière moi. Je lui demande si je peux m'asseoir avec lui. Il me répond oui d'un signe de la tête. Son silence me gêne. Je lui dis que j'accepte d'aller garder avec lui samedi, s'il veut toujours. Il refait le même signe de la tête. Il n'a pourtant pas la bouche pleine.

Ma sœur vient me retrouver dans le corridor avant mon cours d'histoire. Elle m'annonce que la première réunion du commando aura lieu ce soir, à la maison. Toutes les volontaires sérieuses seront les bienvenues. Elle ne me parle pas d'inviter des gars !

D'habitude, j'adore les cours d'histoire. J'ai bien plus envie de retracer les filles qui pourraient participer au commando que de regarder défiler des photos en noir et blanc avec un prof endormant. La prochaine fois, on laissera les lumières allumées.

Par curiosité, je vais faire un tour au local de la pastorale avant de rentrer. C'est la première fois que je mets les pieds là. Aucune trace de monsieur Pastorale. La direction lui a peut-être demandé d'épuiser ses congés d'ici la fin de l'année. Il n'appelle pas souvent à la maison ces jours-ci.

♣

Je sens une tension électrique dans la maison. Je ne vois pas de souper gastronomique sur la table. Ma mère et ma sœur préparent l'ordre du jour de la réunion entre deux bouchées de pizza surgelée. Un bouton me pousse déjà dans le dos. J'envie presque le sandwich de Michaël.

Elles attendent une quinzaine de personnes. Elles ont installé deux rangées de chaises, un tableau pour écrire la stratégie. Elles sont prêtes pour attaquer. Moi aussi, même si je ne sais pas trop dans quoi je m'embarque.

Les invitées arrivent l'une après l'autre par la porte d'en arrière, très discrètement. C'est top secret. Faudrait pas que le voisin vienne emprunter notre perceuse. Il est sept heures.

Je révise la liste des présences. Tout le monde est arrivé sauf… Carine Beaulieu ! Je me demande bien qui l'a convaincue de venir. Carine entre au moment où j'allais verrouiller les portes. Je l'ai déjà vue plus souriante.

Ma mère et Mme Lachance animent la réunion. Ma sœur ne dit pas un mot. Elle a l'air impressionnée de voir autant de monde chez nous. On s'entend sur une stratégie. L'équipe va se diviser en deux. La première équipe est composée de Mme Lachance, deux amies de ma sœur, deux filles de mon cours d'histoire, de Carine et de moi-même. On va se rendre chez monsieur Pastorale vendredi soir pour lui parler. Ça ne durera pas longtemps mais ça va être efficace. Carine se porte volontaire pour servir d'appât. Elle va s'organiser pour se faire inviter chez le gourou. Il faut être certaines qu'il soit chez lui. Je la trouve brave.

L'autre équipe est composée de ma mère, la sœur et la fille de Mme Lachance, mes deux cousines, ma sœur et deux de ses amies. Elles vont enregistrer sur cassette ce qui est arrivé à ma sœur. Si le gourou ne prend pas au sérieux la visite de l'équipe numéro un, la cassette, copiée en vingt exemplaires, va être distribuée à travers le Québec, vingt-quatre heures plus tard. Lamoureux va nous fournir les adresses. Monsieur Pastorale a une grande famille et est très apprécié dans la paroisse. Ils vont être très contents d'avoir de ses nouvelles.

Déjà dix heures. Tout le monde sort par la porte d'en arrière. Je n'ai pas osé parler à Carine de la soirée. Si je lui téléphonais, ce serait peut-être plus facile.

Ma mère prend un bain qui dure une heure. Je lui laisse la place. De toute façon, il ne restait plus de bain moussant à la vanille et c'était mon jour « V ». « C » pour camomille, « M » pour mûre sauvage.

La porte de sa chambre est grande ouverte. J'ai le goût d'y entrer. J'ai toujours aimé la chambre de ma mère avec ses meubles en osier, sa couette toute blanche. C'est douillet. La fenêtre est ouverte. Les lumières sont toutes allumées. Il y a une drôle d'odeur qui ressemble à de l'encens d'église. Ma mère a préparé un rituel de purification. Je vais aller faire la même chose dans la chambre de ma sœur.

Je n'arrive pas à m'endormir. Je me sens tout excitée. Ma sœur est allée se coucher dans le sous-sol pour avoir la paix. Je pense à mon beau Michaël. Pourquoi le revoir si on n'est plus ensemble ? Il faudrait que je trouve une solution avant samedi. Une idée brillante à laquelle personne n'aurait encore pensé. J'aimerais être associée à autre chose qu'au petit couple que tout le monde envie. Je me sens emprisonnée comme si j'avais les deux pieds dans le plâtre. Je n'ai pas mal mais rien ne marche comme avant.

Je n'ai même pas le goût d'essayer de rêver. De toute façon, je n'ai jamais réussi à rêver à

Michaël comme à mon soldat ou à mon pompier. Il me semble que ce serait normal pourtant. On dirait que j'ai perdu la télécommande. C'est la grève générale illimitée de mes personnages irréels. C'est paniquant. Qu'est-ce que je pourrais faire pour me calmer ? Respirer par le nez.

♣

Ma mère a sûrement bien dormi ; pas trop de cernes sous les yeux. Le gourou s'est éclipsé depuis quelques jours, ça paraît ! Ma sœur n'est pas remontée du sous-sol. Je pense qu'elle va être malade aujourd'hui. J'ai hâte que le commando passe à l'action. Mon taux d'adrénaline monte en flèche.

♣

Ça fait drôle de retourner à l'école après ma réunion spéciale. J'ai de la difficulté à garder mon secret. Je croise Carine devant son casier. Elle me dit bonjour. Je lui propose qu'on dîne ensemble. Elle dit oui. Elle est *cool*, Carine.

Lamoureux entre dans la classe de très bonne humeur. Il me fait un clin d'œil. Il pourrait faire attention. Michaël vient s'asseoir à côté de moi comme d'habitude. J'ai envie de le voir mais j'ai aussi besoin de changement. Je vais noter ça dans ma résolution de problème.

Lamoureux nous lit un extrait de roman dont l'action se déroule au Moyen-Âge. C'était presque normal d'agresser les femmes à cette époque-là. Il nous demande de rédiger en vingt lignes notre opinion sur ce qu'on devrait faire avec les agresseurs dans notre société. Je pars à tousser. Il veut mettre la classe dans le bain.

Je sors du cours avec une grosse dose de colère et un mal de tête. J'imagine la tête de monsieur Pastorale si Lamoureux lui remettait nos copies. On pourrait les coller sur l'immeuble de son appartement. Ses voisins le connaîtraient mieux.

J'ai faim mais je suis incapable d'avaler une bouchée. Ma fourchette est en train de charcuter ma lasagne gratinée. Il est midi trente. Carine ne m'a pas encore rejointe. J'ai les boyaux tordus à force de penser qu'elle me fait poireauter pour se venger.

C'était ma paranoïa quotidienne. Carine arrive avec sa salade au poulet. Elle vient du local de pastorale. Elle a réussi à se faire inviter chez le nouvel ex de ma mère, vendredi soir. Elle ira prendre un café vers sept heures et demie pour lui parler de son agence de rencontres. Elle lui a dit qu'elle avait besoin de ses conseils. Sans lui, elle n'y arriverait jamais. Il a mordu comme une vieille barbote. Il ne se doute vraiment de rien. La cloche sonne. Il est trop tard pour que je lui parle de mes trente-deux questions sur l'amour et Michaël. Je l'appellerai ce soir.

Le reste de la journée passe à toute vitesse. J'ai trop hâte de me confier à Carine. Tous mes cours m'intéressent, tous les profs sont extraordinaires. Je dis même un gros bonjour au directeur quand je le croise dans le corridor. J'en mets peut-être un peu trop. Il ne faut pas qu'il se doute que le commando est plus vivant que jamais. Je passe devant le casier de ma sœur en espérant qu'elle soit là. On pourrait faire la route ensemble jusqu'à la maison. Aucune trace familiale. Elle n'est peut-être pas sortie de son sous-sol de la journée.

♣

Ma mère et ma sœur rédigent ensemble une lettre de plainte adressée au directeur de la polyvalente. Le téléphone sonne toutes les dix minutes. Encore une membre du commando. La maison s'est transformée en quartier général. J'ai de la difficulté à me concentrer. Je pourrais me donner congé de devoirs pour le reste de la semaine.

Je me sens égoïste d'appeler Carine parmi tous ces appels urgents et top secret. J'espère que notre ligne téléphonique n'est pas sous écoute électronique comme dans les films policiers. Je vais faire ma part. Je parlerai à Carine quand je serai couchée.

En attendant, je vais prendre mon bain. Je sens que je n'y ferai pas long feu. Ma sœur a dû y passer une partie de la journée. La tapisserie lève tellement c'est humide. Les bouteilles de bain moussant, la brosse à gratter le dos, les shampoings sont tout mêlés. C'est le bordel dans les bouchons. Si je reste trop longtemps, je risque d'attraper le stress de ma sœur.

Je m'installe dans mon lit avec la couverture chauffante de ma mère. Il ne faut pas que je me mêle dans les boutons. Je ne veux pas sentir le jambon fumé. J'ai emprunté pour la soirée le téléphone qui se trouve dans la chambre de ma mère. Quand le quartier général va se calmer, je serai prête pour appeler Carine.

De quoi on va discuter exactement? J'ai l'impression que je ne lui ai pas parlé depuis des mois. Est-ce qu'on s'est déjà parlé pour vrai? Je connais par cœur sa garde-robe, ses tubes de maquillage, la liste de ses ex-chums depuis un an. Mais c'est qui, Carine Beaulieu? Qu'est-ce qu'elle pense de mes dîners-causerie avec Michaël à la cafétéria? Si elle apprenait qu'on joue aux cartes chez M. Poirier, elle ne serait peut-être plus mon amie encore longtemps. Je vais lui téléphoner au plus vite.

Carine attendait mon appel depuis deux heures. Je pense qu'elle s'ennuie beaucoup, maintenant qu'elle est célibataire. Elle veut savoir où j'en suis rendue avec Michaël. Elle ne peut pas supporter l'idée que son projet d'agence de rencontres ait pu bousiller notre relation. Elle a un double échec sur la conscience.

Je lui répète deux fois que ce n'est pas de sa faute. Que j'étais déjà très mal de me sentir observée de la tête aux pieds par le monde entier depuis que j'étais avec Michaël. Que j'ai l'impression d'avoir les poumons tout écrasés quand je marche avec lui à l'école, au centre commercial, sur le trottoir à moitié éclairé. Que j'essaie de trouver une solution pour mieux respirer. Je ne lui parle pas de mes rêves disparus de la carte. Je garde ça pour moi.

Carine se met à pleurer. Je ne comprends pas pourquoi. Qu'est-ce que je viens de dire ? Je m'attendais à une série de conseils pratiques, un mode d'emploi à toute épreuve. Je pensais qu'elle était prête pour démarrer son agence. J'entends des sanglots dans le téléphone. Je ne sais pas quoi faire pour la consoler. Elle ne peut pas me parler plus longtemps. Elle raccroche. Je reste toute seule avec mes questions.

Ma sœur rentre aussitôt dans « ma » chambre. C'est évident qu'elle a entendu des bouts de ma conversation. Je n'aime pas ça. Elle me regarde en me disant sur un ton baveux qu'elle ne savait pas que j'étais asthmatique. Elle ajoute qu'il y a un nom spécial pour les gens qui croient que le monde entier est à leurs pieds. Elle met son réveille-matin, place ses oreillers, sa couette, éteint la lampe. Elle se tourne de mon côté en me disant de ne pas faire attention. Je ne lui en veux pas mais je vais m'en rappeler.

Une journée pas ordinaire commence. Le compte à rebours du « CAV », commando anti-violence, est déclenché. Ma mère et ma sœur doivent sécréter une double dose d'adrénaline. Je pars sur une patte. Je me suis levée trop tard pour déjeuner. J'ai dormi sur mes deux oreilles malgré ma drôle de conversation avec Carine. Il faut qu'elle soit en forme pour jouer le jeu avec monsieur Pastorale. Ce n'est pas le temps d'avoir la larme à l'œil.

Mes cours ne sont pas tous intéressants et mes profs, pas tous intelligents. Je les mettrais tous dans le même panier. Un événement se prépare pour régler des comptes avec le gourou. Il n'y a aucun signe de fuite.

Je m'invite à dîner avec Carine. Michaël se dirige vers notre table pour nous rejoindre. Il comprend dans mes yeux qu'il ferait mieux d'aller manger sa soupe dans la quatrième rangée du fond. C'est assez évident que Carine n'est pas en forme pour faire la conversation avec l'école au complet. Elle a oublié de se mettre du désodorisant.

J'essaie de reprendre notre conversation d'hier. Elle commence à vouloir décrocher de sa réputation de la belle fille qui accroche n'importe quel gars. Pour elle, ce n'est pas un compliment de plaire au gourou. Elle ne s'est jamais posé autant de questions que moi sur les relations avec les gars. C'est pour ça qu'elle a pleuré. La réunion du commando lui a fait un gros flash mauve sur sa liste d'ex-chums. Ils n'étaient pas violents, juste pas intéressants. Le retour au maquillage, ce n'est pas pour demain. J'invite Carine à souper à la maison. Elle accepte mes services de masseuse. Elle a le cou renfoncé dans les épaules. Elle est moins belle depuis quelques jours.

♧

Le commando numéro un au complet est arrivé. C'est le temps ou jamais de passer à l'action. Le commando numéro deux vient de nous confirmer par téléphone que la cassette sera prête demain. On va sûrement en avoir besoin. Monsieur Pastorale va se défendre comme un diable dans l'eau bénite devant sa visite surprise. J'entends ma grand-mère prier pour nous.

Sept heures et quart. Carine part la première. Ses lèvres tremblent de nervosité. Pour faire exception cette semaine, elle s'est beurrée épais de maquillage. Le gourou va apprécier. En silence, on regarde toutes Carine partir. Pourvu que ça se déroule comme prévu.

♧

Huit heures moins quart. C'est à notre tour de monter l'escalier en file indienne. Il habite au cinquième étage. L'ascenseur est brisé. On se croirait dans un film d'horreur. Mme Lachance frappe à la porte. Il ne répond pas. Qu'est-ce qu'il peut bien faire avec Carine ? Je frappe une deuxième fois, très fort. Impossible qu'il n'entende pas.

Il ouvre. Son visage est tout crispé. La cendre de sa cigarette tombe par terre. Mme Lachance demande si on peut entrer. Il demande bêtement ce qu'on fait là. Elle dit qu'on veut lui parler de ma sœur qu'il a agressée. Il dit qu'il n'a jamais agressé personne.

Mme Lachance insiste pour qu'on entre toutes. Il refuse. Elle monte le ton pour que les voisins entendent. Il accepte qu'elle soit là, mais personne d'autre. Elle négocie afin que trois des sept soient présentes, elle, ma cousine et moi. Le cœur me débat comme une patate.

Le voisin ouvre sa porte, nous examine l'une après l'autre. Il est moins surpris de notre visite que le gourou. Les quatre autres filles vont nous attendre au bas de l'escalier. On entre en faisant un sourire au voisin. On a un témoin.

Ça sent le café. Carine est soulagée qu'on arrive. Le gourou la regarde d'un air mesquin. Elle a envie de vomir. Elle sort. Mme Lachance dit au gourou ce qu'on attend de lui : qu'il remette sa démission à la polyvalente et à la paroisse en avouant l'agression dont on l'accuse, qu'il démissionne de tous les comités de jeunes dont il fait partie. S'il refuse de collaborer, la cassette sera postée dans les vingt-quatre heures.

Il se met à rire, de plus en plus fort. Il fait peur. Mme Lachance lui remémore l'agression dont ma mère a entendu parler. Il cesse de rire.

Je n'ai jamais descendu un escalier de cinq étages aussi vite. Son rire me bourdonne dans les oreilles. On offre à Carine de l'accompagner chez elle. Elle préfère prendre un taxi.

♣

Ma mère et Mme Lachance se téléphonent pour mettre à exécution le plan B, l'envoi de la cassette. La consigne sera donnée aux deux équipes : personne ne doit sortir seul. On ne sait pas comment le gourou peut réagir.

Je me couche avec la peur au ventre, mais je n'abandonnerai pas le commando. Ma vie ne sera plus jamais pareille. Celle de Carine non plus. Je voudrais lui téléphoner. Elle n'a peut-être pas envie de me parler. Passer une demi-heure avec l'agresseur de ma sœur... et de ma mère, j'en ai froid dans le dos.

Ma sœur vient se coucher. Ma mère lui a tout raconté. Elle s'endort avant moi. Je pense à Michaël pour la première fois de la soirée. J'ai hâte de le voir demain. J'ai envie de l'embrasser. J'ai presque oublié comment il fait avec sa langue.

Réveille, Chloë!

PERSONNE n'est pressé de sortir du lit ce matin. J'ai envie de préparer un déjeuner traditionnel avec des œufs, toasts, bacon, confitures, jus d'orange. Ça va tellement sentir la bouffe qu'elles n'auront pas le choix de se lever. Réveillez-vous!

Il n'y a personne dans la maison. Je suis dans les patates. Ma mère m'a laissé une note que je dois détruire tout de suite après l'avoir lue. Elles sont parties chez Mme Lachance. Il faut que la cassette soit prête ce soir. Je me sens comme une nouvelle recrue du régiment de mon ex-caporal. L'image s'efface. Le téléphone sonne. Je retombe sur terre assez vite. Je suis de garde pour répondre aux appels toute la journée. J'ai envie de me maquiller, pour essayer.

Ma sœur voudrait sûrement que je lui emprunte sa trousse de maquillage. Je pourrais commencer par les yeux. Le bleu nuit sur les paupières me donne une tête d'Halloween ; raté. J'efface. Le bleu poudre est encore pire. Je ressemble aux chanteuses blondes aux gros talons qui ont manqué leur teinture. Doublement raté. La paupière commence à me piquer. J'ai les doigts pleins de bleu poudre. J'ai effacé comme j'ai pu. C'est peut-être plus facile de dessiner des lèvres. J'en ai déjà une paire pour copier. Le rose, le brun, le noir. C'est bien compliqué. Ils appellent ça du rouge à lèvres ? Comment m'habiller ? Si je me change trois fois, je vais devoir recommencer chaque fois ? Me maquiller avant de partir, ça va être l'enfer !

Le téléphone sonne. Une fille du commando numéro un surveille les déplacements du gourou. Il n'a pas bougé de son appartement depuis ce matin. J'ai noté.

J'aurai peut-être plus de succès avec les vêtements. Je me ferme les yeux pour choisir au hasard dans la garde-robe. C'est catastrophique ! Je viens de tomber sur un chandail en chenille ligné vert et rouge. J'aurais l'air d'un arbre de Noël. Je ne l'ai jamais vu, celui-là. Je comprends. Ma sœur l'a reçu en cadeau de ma grand-mère.

Carine m'appelle pour sortir. Désolée, je garde avec Michaël. Je l'invite à déjeuner dimanche. Elle n'a presque pas dormi de la nuit. Elle n'arrêtait pas d'imaginer le gourou en train de lui brûler les cheveux avec sa cigarette.

Elle écoute trop la télé. Je lui promets qu'on en reparlera. Je dois libérer la ligne.

Je fais un dernier test de maquillage. Si je rate encore mon coup, j'abandonne. J'essaie d'allonger mes cils avec une brosse noire. Ils sont déjà longs au naturel, ça me donne quoi ? Le téléphone sonne.

Ma mère me donne les dernières nouvelles. Elles ont terminé l'enregistrement de la cassette. Elles ont trafiqué la voix de ma cousine Sophie. Personne ne peut la reconnaître. Elles font vraiment du travail de pro ! Je me sens les cils tout collés. Je me suis frotté les yeux en parlant. Je vois un raton-laveur dans le miroir. J'ai vidé la bouteille de démaquillant. Je commence à m'énerver.

Le téléphone sonne pour la huitième fois. Je n'en peux plus de faire la navette entre ma chambre et la cuisine. Ça fait drôle que mon prof de français téléphone chez nous. Lamoureux est allé faire des heures supplémentaires à l'école. La secrétaire a plein de listes d'adresses dans son ordinateur. Avec le carnet que Carine a piqué hier, la liste est complète. J'ai noté.

Après quinze minutes de lavage intensif à l'eau et au savon, j'ai la peau du visage tout irritée. Je commence à ressembler à un homard trop cuit. Qu'est-ce que je peux mettre pour récupérer mon teint normal ? Il me reste dix minutes pour m'habiller.

Le téléphone sonne, c'est ma sœur. Une femme en talons aiguilles hauts comme des échasses vient d'aller porter les enveloppes adressées chez Mme Lachance. La femme a insisté pour dire que Lamoureux ne faisait pas confiance aux chauffeurs de taxi pour la livraison. Ma sœur a remarqué qu'elle avait une drôle de voix. Est-ce que c'est Lamoureux ? Ou bien son chum ?

Finalement, je m'habille comme d'habitude. Entre deux appels, c'est moins compliqué. J'essaie en vitesse mon nouveau soutien-gorge noir. J'avais complètement oublié que je l'avais acheté avec mon certificat-cadeau. Il faut bien que je le porte avant qu'il soit trop serré. Ma garde du commando est terminée. Je dois partir. Je ne suis pas capable d'attendre plus longtemps. Le téléphone sonne. C'est peut-être Michaël ?

Ma mère me fait le dernier compte rendu. Les vingt cassettes sont tombées dans le fond de la boîte postale à huit heures pile. Un bruit de poubelle. Mme Lachance a laissé un message sur le répondeur du gourou. Mission accomplie. Le reste de la soirée m'appartient. Il fait vraiment froid dehors. C'est la pleine lune. J'espère que les cassettes ne gèleront pas.

♣

Michaël m'accueille avec son super sourire. Ses yeux verts sont encore plus brillants que d'habitude. Les enfants ne sont pas encore couchés. Je me sens impatiente. On n'est pas chez M. Poirier.

Après deux parties de Monopoly, une partie de mini-billard, deux verres de jus de raisin chacun, un diachylon en forme de rhinocéros sur le genou droit et une crise d'arrachage de cheveux entre les jumeaux, Michaël se décide à aller coucher la marmaille. Il y a des plumes d'oreiller partout dans leur chambre. L'aspirateur ne fait pas partie du contrat.

On est enfin seuls dans le salon. Michaël m'invite à m'asseoir dans le fauteuil moelleux. Il est plein de poils de chat. Il faut que je contrôle mes allergies. Il m'offre quelque chose à boire. Je dis non merci. Il me trouve très gênée. Je lui réponds que j'ai perdu l'habitude. L'habitude de quoi? On a plus envie de s'embrasser que de parler. On va commencer par quoi? Qui va oser bouger le premier? Je lui parlerais bien de mon commando mais je n'ai pas le droit. Faut-il absolument parler? Ça fait plus civilisé.

Ses yeux sont tout à coup attirés par ma poitrine. Un bouton de ma chemise s'est détaché. Il laisse entrevoir mon soutien-gorge en dentelle. Michaël est à son tour embarrassé. Je m'approche de lui. Je prends sa main gauche pour la déposer sur mes seins. Il bouge ses doigts doucement. Mon ventre et ma vulve se contractent. Je l'embrasse. C'est super bon de sentir sa langue bouger. Il n'ose pas trop me coller, peut-être à cause de son érection. On sent tous les deux qu'on est sur le bord d'un malaise. Est-ce qu'on est encore ensemble?

On s'éloigne. Michaël va mettre un disque. Je lui offre de prédire son avenir avec son jeu de cartes. Il accepte.

Je place les cartes sur la table. Je me concentre. Je vois deux cartes importantes, un homme, une femme. Un obstacle les empêche de s'aimer. Une autre carte représente une foule. Je vois différents sentiments se mêler : de la colère, de la joie, de l'agacement. Une autre carte. Je vois une rupture et une réconciliation. Je ne peux pas voir ce qui vient en premier. C'est trop flou.

Michaël commence à bouger dans le fauteuil. Il me fait signe d'arrêter. C'est assez de parler en paraboles ! Il ne me trouve pas drôle. Il me demande de m'exprimer plus clairement.

J'ai envie d'aller faire pipi mais ce n'est pas le temps. Je prends une grande respiration. Je lui explique que ça me dérange au plus haut degré que toute la société soit au courant de notre relation. Ça m'étouffe, ça me donne des boutons, ça me constipe. Je ne sais pas comment lui expliquer. Il ne comprend pas. Je continue. Je lui dis que j'ai l'impression qu'on a pris une mauvaise voie. Si on recommençait à zéro, qu'on faisait croire à tout le monde qu'on n'est plus ensemble, on se sentirait plus libres. On s'aimerait encore mais ça resterait entre nous. Est-ce que je lui ai déjà dit que je l'aimais ?

Michaël ramasse les cartes et se lève. Il n'a pas l'air de trouver ça plus drôle que le jeu de cartes. Il est vraiment choqué. Ses yeux sont devenus gris. On dirait qu'une tempête de neige s'en vient. Il est humilié que je lui fasse une telle proposition. Il cherche ses mots. Il est content que sa famille soit au courant. Il n'a pas envie de cacher sa blonde. Il ne comprend pas à quoi ça va servir. Il me dit que je devrais me réveiller, qu'on vit sur la planète Terre, que depuis des millions d'années, des couples s'aiment, qu'on ne peut pas arrêter ça. Réveille, Chloë Robichaud ! qu'il me répète encore.

Je veux partir. Je vais chercher mon manteau. Il ne me demande pas de rester. Je sors de là complètement gelée.

Ma lampe de chevet va rester allumée toute la nuit. J'ai besoin de clarté. Je me suis sauvée de Michaël. Je m'ennuie déjà de lui. Comment faire pour m'endormir ? Qu'est-ce qu'il fait, mon beau Michaël, en gardien d'enfants ? Les jumeaux se sont-ils réveillés à cause des plumes d'oreiller ? Est-ce qu'il va m'appeler demain pour qu'on se réconcilie ?

C'est donc difficile d'être en amour !

Une crampe au cœur

Depuis une heure, j'étudie le nombre de fois que les motifs de fleurs se répètent sur mes draps. Il y a quatre modèles différents. C'est compliqué à calculer. Je voudrais me retrouver dans un autre pays, une autre saison, une autre journée. Avancer ou reculer ? Je ne sais pas. J'attends que le téléphone sonne. Si Michaël m'invitait à aller souper dans sa famille, je dirais oui. J'ai froid.

Comment vont ma mère et ma sœur ? Il faudrait que je me lève pour le savoir.

Elles déjeunent ensemble. La conversation tourne autour du gourou. Ma mère parle fort chaque fois qu'elle prononce son nom. Elle ne supporte pas du tout que son ex s'en soit pris à ma sœur. Le téléphone sonne. Mon rendez-vous avec Carine ! Je ne collerai pas sur le téléphone toute la journée. C'est déjà ça. Je regrette presque de ne pas pouvoir rester à la maison.

☘

Carine est en forme. Elle aime toujours autant aller au café du centre commercial.

Ses cauchemars avec le gourou ont disparu depuis qu'elle l'a imaginé en train de brûler comme une vieille guimauve sèche. Elle s'est rappelé les feux de camp.

Un ami de Michaël passe dans l'allée principale. J'ai une crampe dans le mollet. J'aimerais qu'elle soit au cœur. J'ai presque une nouvelle amie devant moi. Carine est toute souriante. Moi, j'ai envie de pleurer. Je me retiens en me concentrant sur mes tranches de pain doré qui trempent dans le sirop.

Carine aborde le sujet. Qu'est-ce que j'ai fait avec Michaël hier soir ? Mon assiette est vide. Il faut bien que je réponde quelque chose. Je lui raconte que je pense avoir fait une gaffe. Elle me trouve folle. Pour elle, c'est tellement beau, l'amour. Le problème, c'est qu'il ne dure jamais plus de quarante-huit heures. Les gars qui se sauvent après qu'on leur a dit « Je t'aime mon amour », elle en a un bottin plein. Elle cherche une nouvelle méthode. L'agence de rencontres, c'est déjà loin.

L'ami de Michaël vient nous rejoindre. Qu'est-ce qu'il veut, celui-là ? Il nous dit bonjour avec un sourire semblable à celui de Michaël. Il n'a pas l'air au courant pour hier. Il sait en tout cas que je suis amoureuse de son ami. Est-ce que j'ai un écriteau dans le front ?

J'ai trop le goût de rentrer pour savoir si Michaël m'a téléphoné. J'ai mal au ventre. Carine me trouve pressée de partir. Elle reste pour siroter son jus de pommes avec l'ami de mon ex… mon amoureux. Elle va vite apprendre qu'il s'appelle Renaud.

À marcher trop vite, je m'accroche dans les talons d'un homme. Il tient la main d'un autre homme. Ils se tournent tous les deux vers moi. Mon prof de français avec le gars des « Petites Fringales » ! Lamoureux me présente son chum, Clément Lajoie. Il me serre la main très fort. On dirait qu'il est content de me rencontrer. Je cherche vite une question, quelque chose à dire. Je lui demande si Samuel va bien. M. Lajoie me demande de qui il s'agit. Je lui réponds qu'il ressemble tellement à un petit garçon que je garde. J'ai menti ! On ne rencontre pas son prof de français avec son chum à tous les coins de rue. Je suis pressée de rentrer. Je leur dis bonjour. Je me retourne deux secondes pour les regarder marcher ensemble. Je trouve qu'ils font un assez beau couple, pas mal amoureux en plus. Qui a dit qu'ils s'étaient séparés ?

Le téléphone n'a pas sonné de la journée. Mes démangeaisons recommencent. Qu'est-ce que je devrais faire ? Demander conseil à ma mère ? La journée va être longue à me poser cent fois la même question : « Est-ce que je devrais appeler Michaël ? » Ça va me donner quoi d'attendre deux jours, cinq jours, sept jours ? C'est quoi mon chiffre chanceux ? Il ne s'est jamais gêné, lui, pour m'appeler quand il voulait.

Ça sonne trois coups. J'espère que ce n'est pas le répondeur. Sa mère répond. Michaël n'est pas là. Elle ajoute qu'il est parti jouer au hockey. Coudon ! est-ce qu'elle veut que j'aille le rejoindre ? Je laisse le message qu'il me rappelle. Mme Côté va avoir mal à l'oreille pendant deux jours tellement j'ai raccroché fort. Le téléphone m'a glissé des mains. Qu'est-ce que je viens de faire ? Je n'aurais peut-être pas dû laisser de message. Ce n'est pas mon genre d'attendre l'appel d'un gars toute la journée. C'est quoi mon genre ?

Plus capable d'attendre. J'espère que le ménage de ma chambre va me changer les idées. Je jetterais la moitié de ma moitié de garde-robe, mes bas troués, mes trophées de patin artistique, mes dernières poupées que je n'ai jamais voulu abandonner. J'ai besoin de prendre l'air.

♣

Je ne rencontre personne dans le quartier. Ma mère m'a pourtant dit qu'elle avait recom-

mencé à faire de la marche rapide avec Mme Lachance. Je me demande toujours comment
elles font pour discuter en même temps.

Je pourrais me rendre dans la rue de Michaël pour voir s'il est arrivé. Je ne suis pas une
espionne ni un pot de colle ! Je reviens par le
parc où on s'est promené ensemble l'autre
jour. J'ai envie de crier aux arbres, aux trot-
toirs, au dépanneur. La lune est disparue. Il
fait noir. Faut se méfier du gourou.

♣

Michaël n'a pas téléphoné de la soirée. Je
me suis endormie dans le fauteuil du salon.
Ma mère me réveille pour que j'aille me coucher. J'aurais dû jeter mon lit avec mes vieilles
poupées.

♣

Qui peut bien téléphoner à cette heure-là ?
Huit heures du matin. J'ai oublié de descendre mon réveille-matin au sous-sol. Une
autre journée en retard. En montant l'escalier,
j'entends ma sœur m'appeler. Michaël attend
au bout de la ligne !

Il est rentré tard d'un souper de fête. Il a
pensé à moi en préparant son lunch. Il n'a rien
à me dire. Moi non plus. Je me sens raide
comme un poisson séché. Il me souhaite une
bonne journée à l'école. Est-ce que c'était à lui

145

de proposer quelque chose ? Va falloir que je bouge si je veux plus d'action.

♣

Je croise Michaël dans le corridor. Lui aussi est en retard. C'est long préparer un sandwich ! Je sens un courant électrique traverser mon corps. Mon thermomètre va exploser. Pourquoi assister à notre premier cours ? On pourrait le manquer ensemble. Michaël tient absolument à aller à son cours d'anglais. Il me laisse seule dans le brouillard. Panne d'électricité. Mon cours de gym m'attend.

Mon contact avec le ballon de volley-ball m'a sauvé la vie. Le courant est revenu. J'ai battu mon record de services. Du jamais vu !

Lamoureux me regarde d'un drôle d'air. Il n'ose pas me poser de questions sur l'exposé qu'il vient de faire. Je suis tellement absorbée par mes gribouillis qu'il préfère s'adresser à mon voisin, Michaël. Sa réponse n'est pas géniale. Lamoureux est désespéré. Michaël s'amuse à faire comme si j'étais absente. Ma pression monte.

Je m'installe pour dîner avec Carine. On partage le contenu de nos assiettes. Michaël nous demande s'il peut s'asseoir avec nous. Je vais au moins voir la couleur de son fameux lunch. Un sandwich au poulet. Il fait du bruit en mangeant. On dirait qu'il fait exprès. On ne parle presque pas. On écoute plus les conversations autour de nous. Carine a perdu sa vieille habitude de combler les trous. Est-ce que c'est à moi d'entretenir la conversation ? Pourquoi Michaël est-il silencieux ? M'aime-t-il encore ? J'entends des bruits de plateaux, des ustensiles qui tombent, des rires de gars. Je pense qu'ils se moquent de nous.

Michaël prend une bouchée, mâche lentement. Je lui arrache son sandwich des mains. Il revole dans les cheveux de Carine. Elle part à rire. J'attends qu'il avale sa bouchée. Il se dépêche. Je m'approche de lui. Je lui dis qu'on devrait arrêter de se parler avec des signaux brouillés. Je l'embrasse. Je le regarde avec tout l'amour que j'ai pour lui. Il m'embrasse à son tour avec plein de tendresse dans les yeux.

On entend siffler d'un bout à l'autre de la cafétéria. Je me sens rougir à vue d'œil. Michaël me fait signe de ne pas m'occuper d'eux. J'aimerais que la cloche sonne pour que la salle se vide. J'aurai l'air de quoi en sortant d'ici ? Carine se lève, prend son air de vedette pour demander à tout le monde d'arrêter. La foule se calme, retourne à son lunch. La cloche finit par sonner. Je dis à Michaël que je m'en vais chez moi. J'ai trop envie de pleurer.

♣

J'ai hâte que ma mère rentre du travail. Que la vie continue de tourner comme avant. Qu'est-ce qui a tant changé ? J'ai embrassé

Michaël devant tout le monde. Ça ne veut pas dire qu'on est toujours ensemble. Je voudrais être toute seule avec lui sur la planète pendant vingt-quatre heures pour lui dire que je l'aime. Il me semble que tout irait mieux après.

Ma sœur arrive. Elle a entendu parler de ma crise du sandwich à la cafétéria. Elle me trouve pas mal chanceuse d'avoir un amoureux. Pour elle, seuls les bébés gâtés se compliquent autant la vie. Je cherche le sucrier, le pot de biscuits pour que ça revole. Je ne trouve rien. Je me bouche les oreilles pour ne pas l'entendre. J'en ai assez !

Je descends au sous-sol. La colère me ravage trop pour que je me mette à pleurer. Il n'y a rien à faire ici. C'est déprimant. Même pas de télé. Je m'allonge dans le fauteuil pour me calmer.

Les yeux fermés, je vois Michaël dans le parc. Il me fait signe de le rejoindre. Mes souliers sont trop petits. Je tombe par terre. J'ai les genoux en sang. J'ai mal. J'essaie d'enlever mes souliers. Mes lacets sont tellement longs que je n'en finis plus de les détacher. Comme des serpents qui s'enroulent autour de mes chevilles. Ils se gonflent, deviennent énormes. J'ai peur qu'ils m'étouffent. Michaël me sourit. Je sors une épée de ma ceinture, je les tue tous. Pas une goutte de sang. Ils disparaissent, Michaël aussi. J'ouvre les yeux. Je suis toujours au sous-sol.

Je plie les genoux. Ma main glisse le long de mes cuisses, de mes mollets, de mes pieds.

Pas de monstre. Mes doigts remontent lentement à l'intérieur de mes jambes, s'arrêtent dans le creux de mes cuisses. Ils bougent doucement sur ma vulve. Je sens monter une vague de chaleur de la tête au pied.

J'entends des voix dans la cuisine. Ma mère vient de rentrer. Je remonte les marches une à une en profitant de chaque seconde qui vient de s'écouler. La cuisine est très éclairée. Ma sœur et ma mère préparent le souper en écoutant de la musique. Je commence à avoir faim. Je mets la table avec la super nappe fleurie. L'ambiance est mollo ce soir. On attend d'un jour à l'autre les réactions du gourou et de son entourage.

Ma mère a préparé des pâtes aux tomates séchées et fromage de chèvre. C'est assez réussi. Je prends une deuxième portion de mon dessert préféré : gâteau au chocolat recouvert de glaçage au chocolat. Sans verre de lait, je n'avalerais pas trois bouchées tellement c'est sucré.

Encore le téléphone. M. Poirier a besoin de moi demain. En pleine semaine, c'est rare ! Ma mère n'aime pas tellement que je garde durant la semaine. Elle accepte pour cette fois-ci. Ça fait mon affaire.

Le téléphone sonne sans arrêt, jamais pour moi. Les membres du commando se consultent pour planifier la suite de la stratégie. Il faut prévoir les réactions possibles du gourou : règlement de compte, démission, voyage, lettre dans le journal local pour démentir l'affaire, suicide. Une disparition lui conviendrait bien. Ma mère répond qu'elle n'abandonnera pas tant que le gourou n'aura pas été coincé. Elle en a gros sur le cœur.

La voie est libre dans la salle de bains. Ma mère a laissé un sac de sel de mer sur le comptoir. J'essaierai un autre jour mes nouveaux cristaux vert fluo. Je me laisse flotter dans le bain comme un béluga à la dérive. Ma tête trempe dans l'eau jusqu'aux oreilles. J'entends des bruits sourds comme dans le fond de la mer. Ma sœur vient m'avertir que Michaël est au téléphone. Je lui dis que je vais le rappeler dans dix minutes. Je me sens ramollir à vue d'œil.

J'arrive à rejoindre le téléphone au ralenti. Ma robe de chambre est à l'envers. Heureusement qu'on n'a pas l'option écran-télé. Michaël veut savoir si je vais aller à l'école demain. Le cours de français était super plate sans moi. Je lui réponds que l'école n'est pas la priorité numéro un dans ma vie mais que j'y serai. Je lui demande de venir garder avec moi demain. Va falloir qu'il trouve une raison extraordinaire pour convaincre sa mère.

Mes draps lignés m'attendent avec impatience. Je ne pense à presque rien. Des larmes s'écoulent de chaque côté de mon oreiller.

Le tunnel des amoureux

J'AI DORMI profondément. Ma taie d'oreiller est sèche. Ma robe de chambre fait deux fois le tour de mon corps. Je me sens de bonne humeur, bourrée d'énergie. Je n'ai pourtant pas commencé à prendre mes vitamines. Je me prépare un déjeuner avec plein de fruits : bananes, kiwis, prunes, poires. J'en coupe tellement que j'ai de la salade de fruits pour une table complète à la cafétéria. Il faut que je sois à l'heure. J'ai du rattrapage à faire.

Déguisée en comité d'accueil, Carine m'attend à mon casier. Elle s'inquiétait de ma disparition. Il paraît que ma scène du sandwich et surtout du baiser a fait beaucoup de remous dans l'école. Selon Carine, les filles trouvent que j'ai beaucoup changé. Les gars regardent Michaël avec des yeux jaloux. Moi, je veux surtout savoir si Carine a l'intention de revoir le gars du café, Renaud. Quand je dis à Carine qu'ils avaient l'air de bien aller ensemble, elle me répond qu'elle l'a trouvé assommant. Elle aimerait rencontrer un gars qui pourrait la surprendre. Les gars qu'elle devine à dix kilomètres à la ronde commencent à l'exaspérer.

Carine avait raison. Les filles m'observent pendant mes cours. J'essaie de me concentrer sur la matière, sinon je vais leur faire des grimaces. Si j'organisais une mini-conférence sur l'art d'aborder les gars, il y aurait foule à la porte pour m'écouter. Je n'ai pourtant rien inventé.

Michaël me rejoint à la sortie de mon cours de maths pour m'inviter à dîner en tête-à-tête. On s'installe dans notre corridor mal éclairé. Le concierge brise peut-être les lumières chaque semaine pour construire un tunnel des amoureux.

Michaël m'a préparé un bagel au fromage à la crème avec un jus de légumes comme accompagnement. Il a remarqué une drôle d'ambiance dans l'école. Les profs sont nerveux. Je ne peux rien dire. Michaël me trouve bien mystérieuse. Il me dit que je n'ai pas les mêmes yeux. Il s'approche pour mieux les voir. Il ajoute que j'ai de très beaux yeux, les embrasse. Sa bouche effleure mes tempes, mes joues, ma bouche. Je viens pour parler, il m'embrasse encore. Les cours vont recommencer.

On attend le prof de géo depuis une demi-heure. Toujours pas arrivé. Il paraît qu'il y a une réunion spéciale dans la salle des profs. Ils auraient pu nous avertir. Faut que je prévienne mon commando !

♣

La maison est à l'envers comme jamais. Le téléphone n'arrête pas de sonner. La table de cuisine est remplie de paperasse. Ma mère a quitté son travail plus tôt. Lamoureux l'a informée de la rumeur qui court parmi les profs.

Le directeur a reçu plusieurs appels de parents. Ils sont très surpris qu'il n'ait pas entrepris de démarche suite à l'agression de ma sœur. Un parent a raconté que sa fille s'est fait agresser par le gourou quand il travaillait à la Maison des jeunes, il y a deux ans. La mère a finalement déposé une plainte à la police. Une enquête est en cours. Le directeur a révisé immédiatement sa position. Il a suspendu, sans salaire, le gourou jusqu'à son procès. S'il est accusé, il risque d'être congédié sur-le-champ. La cassette a fait un bout de chemin !

Ma sœur prend la relève du téléphone pour la soirée. Je ne l'ai jamais vue aussi excitée. Si on avait une panne d'électricité, la génératrice serait superflue. Le commando achève son mandat. Tous les membres sont prêts à revivre l'expérience si une situation semblable se reproduit.

Il faut que je pense à ma sortie de gardienne. Je n'ai pas vraiment besoin de changer de vêtements. J'irai faire couper mes cheveux en fin de semaine, par exemple. Je suis prête à partir pas mal plus vite que je pensais. Je vais aller faire des gouli-gouli au bébé Poirier avant qu'il s'endorme. Il doit s'ennuyer de moi.

♣

Bébé Poirier a grandi depuis ma dernière visite. Les pattes lui ont allongé dans son pyjama de ratine rose. Je le trouve presque sympathique avec ses frisettes blondes pleines de purée de patate. M. Poirier n'a vraiment pas le tour de lui donner à manger.

J'espère que Michaël va se trouver une bonne raison pour venir garder avec moi. M. Poirier ne rentrera pas à deux heures du matin. Il va sûrement m'appeler s'il ne peut pas m'accompagner.

Bébé pyjama s'endort avec des petits grognements de satisfaction. Il a tété sa bouteille, heureux comme un veau qui court dans les pâturages. Je me prendrais bien un jus, j'ai soif. J'espère que Michaël passe une belle soirée.

Les émissions de télé m'ennuient. La musique m'énerve. Je m'enlise d'heure en heure dans le fauteuil où on s'était embrassé. Pourquoi Michaël n'est pas là ? M. Poirier va arriver avant lui. J'écoute la respiration du poupon. J'écarte quelques jouets dans son lit. Il fait chaud et noir dans sa chambre. Un vrai nid douillet.

J'entends frapper à la porte d'en arrière. Trois coups, c'est Michaël. Je me sens nerveuse comme si je le rencontrais pour la première fois. Mon cœur bat très fort. Il a l'air essoufflé. Je lui offre d'enlever son manteau. Il est déchiré dans le dos. Sa mère ne voulait pas qu'il sorte. Il a attendu l'heure d'aller se coucher pour sortir par la fenêtre de sa chambre. Il est enfin arrivé, mon amoureux.

On se dirige vers le salon. Notre gêne disparaît tranquillement. On reste debout à se regarder. On se rapproche. Il colle son corps contre le mien. Je me sens tellement bien. Je lui dis : « Je t'aime ». Il n'a pas l'air de m'entendre, mon amoureux. Je répète : « Je t'aime, Michaël Côté. Veux-tu être mon chum pour vrai ? » Il me répond : « Oui, Chloë Robichaud ! » On s'embrasse nerveusement.

Il y a quelque chose qui cloche. Je tourne la tête. M. Poirier est là à nous regarder nous embrasser avec son bébé dans les bras. Je ne l'avais pas entendu rentrer. On se regarde, Michaël et moi, en pensant la même chose : va falloir trouver un endroit plus original pour se rencontrer !

♣

Monsieur Taxi nous raccompagne. On est assis sur le banc arrière en se tenant la main très fort. Je ne veux plus le perdre de vue. Je rentre la première en imaginant Michaël passer par la fenêtre de sa chambre. J'espère qu'il a pensé à mettre des tranquillisants dans la tisane de sa mère.

Ma super douillette me réchauffe comme un calorifère. J'essaie de m'endormir, mais ça bouge trop vite. Plein d'images, plein de couleurs défilent sans arrêt. Je revois le personnage masculin du téléroman que j'ai écouté ce soir. Il ressemble à Renaud en plus vieux. C'est drôle que Carine ne le trouve pas de son goût. Je le trouve assez beau, moi. Il est bien trop tard pour inventer des histoires. Je vais quand même essayer un bon soir, juste pour voir.

Ma douillette a dégringolé en bas du lit. J'entends le réveille-matin de ma mère. La clarté du jour me réveille. J'ai oublié de fermer le store de la fenêtre.

Michaël est peut-être venu me voir dormir cette nuit.

Table des matières

Collection « Ado »

PAO : Éditions Vents d'Ouest (1993) inc., Hull
Impression : Imprimerie Gauvin ltée
Hull

Achevé d'imprimer en septembre
deux mille un

Imprimé au Canada